[illegible]神社で抱きしめて

安曇ひかる

幻冬舎ルチル文庫

CONTENTS ✦目次✦

新婚神社で抱きしめて

✦イラスト・麻々原絵里依

✦カバーデザイン＝久保宏夏（omochi design）
✦ブックデザイン＝まるか工房

新婚神社で抱きしめて

着がえを済ませて更衣室を出ると、西の空が鮮やかなオレンジに染まっていた。

「終わったね〜。お疲れでした」

「お疲れさま。真奈《まな》ちゃん」

直《なお》はこの週末一緒に働いた真奈に「いろいろとありがとう」と笑顔を向けた。

空と同じオレンジ色の枯葉が、夕暮れの風にはらりはらりと舞い落ちる。朝はきれいに掃除されていた参道が、色とりどりの落ち葉で埋め尽くされていた。

「巫女《みこ》姿、なかなかサマになってたよ。多分誰も気づいてなかったと思う」

「だといいんだけど。じゃ、おれはこれで」

「うん。みな美《み》によろしくね」

バイバイと手をひらひらさせ、真奈はひと足先に階段を下っていく。その背中が見えなくなるや、直は境内《けいだい》の片隅に祀《まつ》られている御神木の陰に駆け込んだ。大人がふたりで手を回しても届かない太さの幹は、直の華奢《きゃしゃ》な身体《からだ》を完全に隠してくれる。

ありがとう、樹齢八百年。

思わず柏手《かしわで》を打ち、無事助勤を終えられたことに感謝した。

バレなくて本当によかった。

「にしても暑っつ……てか痒《かゆ》っ」

二日間世話になったロングヘアのウイッグを、頭から剝《は》ぎ取る。

「カツラとか、マジ勘弁」

十一月でよかった。真夏だったらこの時間までとても我慢できなかっただろう。

水浴びをした仔犬よろしく頭をふるふるさせると、ようやく頭皮が呼吸を再開した。ニットのカーディガンとワンピースを脱ぎ捨て、ウイッグと一緒に紙袋に突っ込んだ瞬間、ようやく〝真奈の友達のみな美〟から本来の姿――綾瀬《あやせ》直（♂）に戻ることができた。

一秒でも早く素の自分に戻りたくて、境内で着替えるという危険を冒した。できることならメイクも落としてしまいたいところだが、誰かに見つかっては元も子もない。直は素早くジーンズを穿《は》きパーカーに袖を通すと、早足で下界へと続く階段を目指した。

事の起こりは一昨日のことだった。

直は、幼なじみで同じ大学に通う川原《かわはら》みな美からバイトの代打を頼まれた。

週末の二日間、隣町にある坂《さか》の上《うえ》神社で巫女の助勤（アルバイト）をすることになっていたのだが、突然所属しているラクロス部の練習試合が入ってしまったのだという。

『代打って、巫女だろ？』

『なかなか回ってこなくて、ようやく決まった助勤だったのに』

やれパワースポットだ神社女子だと、今日び巫女は人気のバイトらしい。しかも、

『特にあそこの神社の宮司《ぐうじ》さん、若くて超イケメンだから倍率高いのよ。三十一歳、独身。ほっぺたが落ちるくらいいい男なんだから』

いかにも肉食な発言にげんなりした。

『真奈とふたりして半年も待って、やっと決まったのよ。すんごーく楽しみにしてたんだけどなあ』

『知らねえよ』

『直なら大丈夫だって。お肌つるんつるんの塩顔で化粧映えしそうだし、体重だってずっと私より軽かったじゃん』

それは中学までの話だ。

『無理』

『お願いっ。一生のお願いっ』

一生のお願いだからと経営学の講義で代返をさせられ、すんでのところで講師に気づかれそうになったのは先月のことだ。あれは冷や汗ものだった。

『ウイッグとか服とか全部こっちで用意するから。直しか頼める人いないんだもん』

嘘をつくでない。自他共に認めるインドア派の自分と違って明るく社交的なみな美は、キャンパスを歩けば一分おきに友達に当たる。

『もし引き受けてくれたら、企業論とマクロ経済分析のノート、コピーさせてあげる。ラクロス部の先輩からもらったの』

『……マジ？』

後期から始まったそれら二教科は、過去ノートがないと単位取得はキビシイという噂だ。神さまを騙《だま》すことに躊躇《ためら》いはあったが、背に腹は代えられない。かくして直はこの週末、女子大生川原みな美として巫女の助勤をすることになったのだった。

坂の上神社は縁結び神社だ。都内の外れ、古き良き時代の風情が残る商店街の突き当たりに長い坂道がある。坂を上り切ると今度は百段にもなる急勾配の階段があり、最上段には朱色の鳥居がどっしりと構えている。鳥居の下から石畳の参道が誘うように拝殿へと続いていて、拝殿の裏には神さまの祀られている本殿が、鎮守の森に守られてひっそりと建っている。

ごく小規模な神社なので常勤の巫女はおらず神職（宮司）がひとりですべてを切り盛りしている。平日は近所の老人が散歩がてら参拝に訪れる程度だが、昨今の神社ブームのおかげで休日はそれなりに賑《にぎ》わう。週末だけ巫女の助勤を入れて対応しているのだと、みな美に教えられた。

授与所は真奈が担当してくれた。直は主に参拝者の御朱印帳に御朱印を押す係をした。参拝者の少ない時間はそこも真奈に任せ、バックヤードで御神酒《おみき》用のするめや昆布を切ったり、御洗米を袋に詰めたりしていた。おかげで宮司とも参拝者とも最低限の接触で済み、最後まで性別を疑われることはなかった。

本殿・拝殿の掃除を済ませ、二日間に亘《わた》る〝ニセ巫女〟の助勤がようやく終わった。汗で蒸れたウイッグを土産に、朝上ってきた長い階段を駆け下りる。その先に待っているこれま直は昔から神社という場所があまり好きではない。特にこんな夕暮れ時には、目に見えないいろいろ、つまりオバケだとか幽霊だとかゾンビだとか魑魅魍魎《ちみもうりょう》だとか、あまり好ましくない輩《やから》がそこここで自分を狙っているような気がして……。

一刻も早くここから立ち去りたくて気が急《せ》くのは、無論罪悪感からなのだが、そもそも直

――急がなきゃ。

た長い坂道を下ればバス停はすぐそこだ。

ガサリ、と音がした。斜め前方、階段脇の茂みの方からだ。

直はぎょっと足を止め、音のした方を凝視した。

かーかーと上空をカラスが飛んでいく。ほんの数分の間に、あたりを夕闇が覆っていた。

――ぎ、疑心暗鬼、疑心暗鬼、疑心……。

胸で唱える。と、次の瞬間。

ガサガサガサッと茂みが激しく揺らぎ、白い影がぬっと立ち上がった。

「うっ、わっ！」

恐怖のあまり、直は階段を踏み外した。

「わ、あ、うわああっ！」

出来の悪いアクション映画のように、ごろごろと転げ落ちる。

斜めがけにしたメッセンジャーバッグから、財布やスマホが次々飛び出した。

「おい！」

ずんずんと大股《おおまた》で白い影が迫ってくる。鬼だ。暗がりにはやっぱり鬼がいたのだ。

「だ、誰か助けて！」

直は息も絶え絶えに叫んだ。

「おい大丈夫か」

「もうしませんから、絶対にしませんか……ら……ん？」

抱き起こされ、おずおずと見上げた先にいたのは、幸か不幸か鬼ではなかった。

「宮司……さん」

助勤中、直は始終顔を俯《うつむ》けていた。特に宮司とは極力正面から顔を合わせないように心がけていたから、こうして至近距離で顔を合わせるのはこの瞬間が初めてだった。

落ちる寸前の西日が、その横顔を浮かび上がらせる。

太からず細からず美しいアーチを描く眉、深い漆黒の瞳、高く真《ま》っ直《す》ぐな鼻梁《びりょう》。パーツのひとつひとつは完璧で、ほっぺたは落ちないまでも、確かに相当人目を惹く美形だ。

しかしその表情や纏《まと》っている雰囲気は、大方の人間が神職に就く者に対して抱くイメージ、つまり真面目《まじめ》で身持ちが堅くて優しそうで――といったものとはほど遠かった。

あえて喩《たと》えれば、俗世の隅々まで知り尽くした場末のバーのマスターといった感じだろうか。眇《すが》めた目元や口元からは、立ちのぼるような男の色香を感じる。正装で御幣《ごへい》を振るより、無精髭《ぶしょうひげ》でも生やしカウンターで煙草を咥《くわ》えている方が似合いそうだ。

「怪我《けが》はないか」

「はい……多分」

「植え込みにゴミを捨てる不届き者がいてな。拾っていたんだ。驚かせて悪かった」

助勤中は気づかなかったけれど、声にも独特の艶《つや》がある。

「頭は打ってないな？」

「はい……多分」

ぼそぼそと答える直の右腕を持ち上げると、宮司はその目元をほんの少し歪《ゆが》めた。

「血が出ている」

「え？」

「ここ、擦《す》り剝《む》けている」

指摘された途端、右の肘《ひじ》に痛みを感じた。宮司はポケットからハンカチを取り出すと、血で汚れるのも構わず傷を押さえてくれた。

「そんなに酷《ひど》い傷じゃないと思うが」

「すみません……」

「ちょっと待っていなさい。救急箱を持ってくる」

「だ、大丈夫です」

「いいから待っていなさい」

言い残して宮司は、一段抜かしで階段を上っていった。

白衣に紫色の袴《はかま》。凛《りん》とした後ろ姿がみるみる遠ざかり、鳥居の向こうに消えた。

――どうしよう。

痛みより恐怖が先に立った。川原みな美（♀）を装って巫女の衣装を纏い、二日間助勤をしたことがバレてしまったのだ。どんな罪に問われるのだろう。頼んだみな美も、手助けした真奈も共犯、同罪だろうか。

――もしかして今、警察に電話してたりして。

ぶるっと身震いしたところで、直はハッと気づく。

ウイッグは外した。服装も出勤時のワンピース姿ではなくTシャツとジーンズだ。うっすら化粧をしていることを除けば、どこにでもいるごく普通の大学生（♂）だ。自分が今日助勤に入ったふたりの巫女のひとりだと、気づいていないかもしれない。

――ていうか、多分気づいていない。

怪我はないか。頭は打ってないな？　待っていなさい。

少なくとも声色からは「この変態女装男めが」といった蔑《さげす》みや怒りのニュアンスは感じ取れなかった。

直はよろよろと身体を起こした。立ち上がった途端、右肩や脇腹、左の太腿《ふともも》やくるぶしまで身体中がずきずきしてきた。

歩けるのだからとりあえず骨折はしていないはずだと自分を励まし、そこここに散乱したスマホや財布を回収すると、ぎくしゃくと覚束《おぼつか》ない足取りで階段を下りた。

バスに乗る気力もなく、通りでタクシーを拾った。自宅のある街の名を告げ、血の付いたハンカチを握り締め、直は思った。

誰にもバレなかったけれど、神さまだけは欺《あざむ》けなかった。バチが当たったのかもしれない。

家に帰るなりぐったりとベッドに横たわった。

「痛てて」

心はへとへとに疲れ、身体はぎしぎしと痛んだ。

なんとも後味の悪いバイトだったけれど、もう二度とあの神社に足を向けることもないだろう。それだけが救いだった。この痛みも禊《みそぎ》だと思えばどういうことはない。

——一応おれからもみな美に報告しとくか。

傍らのバッグからスマホを取り出そうとして、ふと違和感を覚えた。

なんだか中身が少ない気がする。今朝《けさ》はもっとぎっしりと物が詰まっていたような……。

「あっ！」

なんてこった。パスケースがない。さっき荷物をぶちまけた時、回収し損ねたのだ。

直は頭を抱えた。他にもなくしたものはないか、大慌てで鞄《かばん》の中をまさぐった。

「ああっ！」

なんてこったパート2。アレがない。よりによってアレを落としてきてしまったなんて。

「あぁもっ、なんなんだよこの展開」

直は再び頭を抱え、両手でガシガシと髪をかき乱した。

——バチだ。やっぱりバチが当たったたんだ。間違いない。

「なんだかなぁ——痛ってぇ！」

仰向《あおむ》けになろうとして、ベッドの枠に後頭部を打ちつけた。

この頃あまりにツイていない。ちっともいいことがない。というか悪いことばっかりだ。

このままだと今夜、突如クリミアコンゴ出血熱だとか芽殖孤虫《がしょくこちゅう》だとか、わけのわからない恐ろしい病を発症して死ぬかもしれない。強盗が押し入ってきて殺されるかもしれない。ピンポイントで頭に隕石が落ちてくるかもしれない。

——お祓《はら》いだ。お祓いしよう。

思いあまった直は、スマホで検索を始めた。

「神社、お祓い——……あ」

頭に浮かんだ宮司の顔を、くしゃくしゃに丸めて心のゴミ箱へ放り投げた。

「パスケース落とすなんて、どこの小学生よ」

「誰のせいだと思ってるんだ。大体みな美が――」

「はいはい、私が悪うございました。だからこうして付いてきてあげたんじゃない」

微妙に恩に着せながら、みな美はスタスタと前を行く。直は身体以上に重い心を引きずりつつ、元気の塊《かたまり》のような幼なじみの後に続いた。

結局昨夜は奇病を発症することも強盗に入られることも隕石に直撃されることもなかった。遅くに、みな美から労《ねぎら》いとお礼の電話がきた。

助勤は無事に終えることができたが、帰りに階段で転んでパスケースを落としたと話すと、みな美はさんざん笑った後、『明日一緒に回収に行こう』と言ってくれた。

できることなら宮司のいない隙《すき》を狙って階段付近を迅速かつ丁寧に捜索し、目的の二点を回収するや速攻で退散したい。しかもパスケースではない方、つまりアレの入った紙袋に関しては、同行のみな美にも気づかれてはならない。

――G難度ミッションかも……。

考えているうちに、坂の上神社の前に着いた。幸い階段付近に参拝者はいない。

目の前の階段の隅々にまで鋭い視線を飛ばしたが、それらしきものは落ちていなかった。

「脇の植え込みの中だきっと」

昨日宮司が飛び出してきたあたりが怪しい。一段目に足を掛けた直の二の腕を、みな美がぐいっと摑《つか》んだ。

「なんだよ」

「思ったんだけどさ、階段結構長いよね。植え込みも」

「だから？」

一刻も早く捜索を開始しないと、あの宮司がやってきてしまったら元も子もない。

「聞いてみた方がいいんじゃないかな」

「聞く？　誰に」

「宮司さんによ。昨日ここでパスケース落としたんですけど、見かけませんでしたかって」

落としたのがパスケースだけではないことも、宮司が救急箱を取りに行っている間に脱走してきたことも、みな美は知らない。

「どう考えてもその方が効率いいって。私ちょっと行ってくる」

目を輝かせて階段を上ろうとしたみな美の二の腕を、今度は直がぐいっと引いた。

「待てよ」

「なによ」

「すぐに人を頼るな。まずは自力で探そうぜ」

「え、だって私時間ないんだもん。午後から練習入ってるし」

どうせほっぺたの落ちるほどのイケメンを拝顔したいのだろう。

人の気も知らないでと、ちょっとムッとした。

「だったらなんで付いてきたんだよ」

「だって直が私のせいみたいに言うから」

「おれがいつそんなこと言ったよ」

「言った。昨日電話で『誰のせいだと思ってるんだ』って」

「それは」

「それから『大体みな美が』って。大体私がなんだって言おうとしたの？」

幼稚園で同じたんぽぽ組になってから大学二年生の今日まで、口喧嘩でみな美に勝てたことは残念ながら一度もない。

これでも直は友人の間ではクール系男子で通っている。天使の輪ができるさらさらの髪、喜怒哀楽をあまり反映しないすっきりとした目元、ほんの少しだけ口角の上がった薄い唇。どこを取っても暑苦しさとは無縁のクール系だ。

持って生まれた身体のパーツはともかくとして、表情や仕草にはかなり気を遣っている。意識して表情を抑えているのだ。

幼稚園の頃ひとりでトイレに行かれず毎日のようにお漏らしをした。小学生の頃近所の家の犬が怖くてひとりで登下校できなかった。道路の干からびたカエルの死骸に立ち竦《すく》み、木の木のざわめきにべそをかく。つまりはただのビビリなのだ。

子供というのは残酷な生き物で、こいつはビビリだとわかるや、蛇の抜け殻を顔に近づけたり、暗い体育倉庫に閉じ込めたりと、理不尽ないたずらを繰り返す。どんなにビビッていても「ビビッてなんかいませんよ」という顔をすることだけが、我が身を守る手段だった。

いつしか「綾瀬ってクールだよな」と言われることが多くなり、夏休みの肝試しも、学園祭のお化け屋敷も、「や、おれはそういうのいいわ」のひと言でパスできた。

今や「クール」は直の大事な鎧《よろい》だ。

ほとんどの友人は直の本性を知らない。しかし四歳の頃からお隣さんのみな美には、星の数ほどある残念な過去を、あますところなく知られている。

「普通大学生の男子が階段で転ばないよね。ヒール履いてたわけじゃあるまいし」

「だから焦ってたんだって」

「焦っても転ばない。直のことだからどうせまた何かにビビッて――」

皆まで言うな！　と心の耳を塞《ふさ》いだ時、みな美が「あっ」と顔を綻《ほころ》ばせた。

「宮司さんだ」

「え？」

振り返りながら階段を見上げる。鳥居の下に、その人はいた。

「何か探し物ですか？」

「はい！」

今の今まで幼なじみの男子を激しく糾弾していたとは思えない、太陽を見つけたひまわりのような笑顔でみな美が階段を駆け上がっていく。彼女を迎えるように、宮司がゆっくりと下りてくるのが見えた。

——最悪。

直は眉間を指で押さえて俯いた。

「もしやこれですか？　今朝落ち葉の掃除をしていて、植え込みの中で見つけたのですが」

「あ、これです！　直、パスケースあったよ！」

みな美が、早く上がってこいと手招きする。

直は小さく舌打ちし、のろのろとふたりの立つ中段まで上った。

「よかったぁ。見つからなかったらどうしようかと思っていたんです。ね？　直」

「……うん」

「本当にありがとうございました」

自分のパスケースでもないくせに、みな美は感激ひとしおといった顔で宮司に礼をする。

「大事な定期を落とされて、さぞお困りだったでしょう。学生さんですか？」

「はい。私、M大の二年生ですっ」

「アヤセくんも？」

「え？」

なぜ名前をと一瞬驚いたが、定期券に印字された名前を見たのだとすぐに気づいた。

「アヤセナオ、十九歳。きみも大学生？」

「……M大の二年生です」

「ナオはどんな字？」

「真っ直ぐの直です」

心根はわりとねじ曲がっているのだけれど。

「大学生ですか。いいですね。青春真っ盛りだ」

直とみな美を見比べ、宮司は意味ありげに目を細めた。

「やだっ、宮司さん、違います。私と直はただの……あっ」

大仰に両手を振って否定しにかかった途端、バッグの中で流行《はや》りのポップスが流れる。みな美がラクロス部用に設定している着メロだ。

「ちょっとだけ、すみません」

みな美はスマホを片手にぴょんぴょんと階段を駆け下りていった。

「元気のいい彼女だな」

宮司がパスケースを差し出した。

「……ありがとうございました」

元気のよくない声でどうにか礼は告げたけれど、顔を上げることができない。

「あのヒールで階段を駆け下りて、よく転ばないな。スニーカー履いていても、映画みたいに派手に転げ落ちて、肘なんか擦りむくやつもいるのに。なあ？」

「…………」

やはり全部バレていた。

どうやらこのまま「それじゃ失礼します」というわけにはいかないようだ。

「助勤名簿に書かれていたのは『川原みな美・十九歳』。ところが現れたのは女装男子」

驚いたことに宮司は、直の女装に最初から気づいていたらしい。

「でもって落としていった定期には『アヤセナオ』。まさかナオって名前の女の子だったのかと思ったけれど、やっぱり男だよな。胸なかったし」

あの程度の接触で胸の厚みまで確認していたとは恐れ入った。

「本当に申し訳ありませんでした。お借りしたハンカチは今洗濯中で」

「彼女のためとはいえ、神さまを騙すのはよくないな」

宮司は、電話をするみな美の後ろ姿をちらりと見下ろした。ここまで来たら申し開きはできない。直はうな垂れ「すみません」と呟《つぶや》いた。

「さしずめ彼女に急用ができて『ねえ直ぉ、ピンチヒッター引き受けてよぉ、直は細身だしぃ、小顔でお肌つるんつるんだしぃ、化粧すれば絶対に男だってバレないって、直しか頼める人いないのお願い』とかなんとか言われて、へらへら引き受けたんだろ」

「へらへらなんてしていません」

しかし他については恐ろしいほど当たっている。まさに神がかりだ。

「愛する恋人に頼まれたからといって、女装して巫女の助勤なんて、世の中にはやっていいことと悪いことが」

「恋人じゃありません」

思わずきっと顔を上げた。

昨日は薄暗かったからそう見えただけなのかと思ったが、真昼の太陽の下でもやはり彼の纏う強烈な色香は健在だった。

「彼女はただの幼なじみです。愛してとか、いません」

「恋人でもない愛してもいない女の頼みで、お前は神さまを欺いたのか」

いつの間にか「きみ」から「お前」に降格になっている。

恋人だということにしておけば、許してもらえたのだろうか。

「二度としません」

「当たり前だ。ったく近頃のガキときた日にゃ」

「反省しています」

「可愛い顔してこんなものを」

可愛くたってブサイクだって、定期券くらい持っているだろう。

「しかも神聖な境内に堂々と持ち込むとは」

それじゃ何か、パスケースは境内に持ち込むなとでも？　鳥居の下に置いて入れとでも？

言いがかりだ。意味がわからない。

「いやはや十九でこれをねえ。まったく最近のガキの考えることはわからん」

ガキガキうるさい。

たまらず眉を顰《ひそ》めた直の視線が、するりと白衣の袖に入る宮司の左手を捉えた。

嫌な予感がした。

――まさか……。

ん、と眼前に突きつけられたのは、見覚えありありの紙袋。

「そ、それはっ！」

パスケースと一緒に落としてしまった、まさにアレだ。

「ぷにぷにあにゃるん。ラブローションセット。ちなみにローションはチェリーの香り」

全身の毛穴が一気に開く。クール系にあるまじき量の汗がどっと噴き出した。

「こんなものを、いつもバッグに入れて歩いているのか、チェリーのくせに」

「い、いつもじゃない！　ていうかおれのじゃない！」

チェリーに噛《か》みつく余裕はなかった。

「パスケースと一緒に落ちてたんだけど？」

「ぐ、偶然です」

宮司はふん、と鼻で笑った。

「こんなもの持ち歩いておきながら、真っ赤になってぷるぷるするんだ？　ぷにぷにじゃなくぷるぷる？　ますますよくわかんねえな」

わかんねえのはあんただと喉まで出かかる。

「誰かに買ってもらったのか自分で買ったのかは知らねえが、お前ろくな恋愛してねえだろ」

見下したような言い方にカチンときた。

「あんたに言われる筋合いはない」

「宮司さんと呼べ、エロチェリー」

「だからおれのじゃないって言ってるだろ」

「なら聞いてみようか、みな美ちゃんに。おーい、みな美ちゃん、この紙袋――」

「やめろバカ！　返せ！」

直は宮司の手から紙袋を引ったくると、脱兎《だっと》のごとく階段を駆け下りた。

「え？　あ、ちょっと、直！」

みな美が慌てて通話を切り、後を追ってくる。

――死ね！　死んじまえ、クソ宮司！

「ちょっと待ってってば、直！」

あんなのが宮司だなんて世も末だ。

ガキだのチェリーだの。

おれのじゃないはずの紙袋を抱きかかえ、直はバス停に続く坂道を全力疾走した。


イケメン宮司とほとんど話せなかったみな美は、ありったけの不平不満をぶつけた後、バタバタとラクロスの練習に向かった。

紙袋の中身はなんだと尋ねられたけれど、本当のことなど言えるわけがなかった。

ぷにぷにあにゃるん&ラブローション（チェリーの香り）。

名前こそ可愛いが、れっきとしたアダルトグッズだ。

先週、大学のクラスメイトが主催するちょっとしたパーティーがあった。正直あまり乗り気ではなかったが、チケットが捌《さば》ききれないと泣き付かれて仕方なく参加することにした。

終盤ビンゴゲームが催された。携帯情報端末機やら若者向けショップの商品券やら、景品はなかなか魅力的なラインナップだったが、中には完全にネタだろうというものもあった。ぷにぷにあにゃるんはそのひとつだった。

ぜひ使ってみて感想を聞かせてくれと明るくからかう友人らに囲まれ、直は普段通りのクールさを装うのに必死だった。まさか誰かがわざと自分にこれが当たるように仕向けたのではないだろうか。一瞬過《よぎ》ったそんな思いをすぐに否定する。直がゲイだということは家族さえ知らない。知っているのはみな美ひとりだけだ。

ふざけた名前のアダルトグッズを、直はすぐに捨てるつもりだった。これまでそういったグッズを使ったことはなかったし、今後も使う予定はない。

二次会へ向かうグループ、遠慮がちに寄り添い歩く即席のカップル、当たったパーティーグッズで盛り上がる集団。そのどこにも属さず、直はひとり家路に就いた。

秋と冬のちょうど真ん中。涼しいのか肌寒いのか迷う、中途半端な夜。

自宅近くのコンビニの前で、直はふと足を止めた。

もしかして、これを使ったらわかるのだろうか。

その顔を、姿を、声を、想像しながらひとりでしてみたら……。

『一般ゴミ』と書かれたダストボックスを見つめながら、直はひととき息を止めた。

三ヶ月前のことだ。兄の幸《こう》が、突然仕事を辞めて札幌に行くと言い出した。

両親はもとより直も仰天した。文字通り青天の霹靂《へきれき》だった。しかも勤めていた会社をすでに退職し、札幌で新しい仕事を見つけていた。

なぜ札幌？　どうしてこんなに急に？　なぜひと言も相談してくれなかったの？

渦巻くたくさんの疑問を、最後まで口にすることができなかった。

なぜならその答えに、おおよそ見当が付いていたから。

悶々《もんもん》とする直を置いて、幸は北の大地へと旅立ってしまった。

五つ違いの幸と直は、幼い頃から近所でも評判の仲のよい兄弟だった。年が離れているせいか優しい幸の性格のおかげか、大きな喧嘩をした記憶はない。

実はふたりに血の繋《つな》がりはない。幸は父の連れ子、直は母の連れ子で、両親の再婚によって戸籍上兄弟になった。幸が九歳、直が四歳の時だった。

父も母もそれぞれに仕事を持っていたから、家族揃《そろ》って旅行や食事に出かけることはあまりできなかったが、それでもふたりの誕生日やクリスマスには両親とも仕事を切り上げ、いつもより早く帰宅してくれた。

家族に囲まれて、ケーキに立てたロウソクを吹き消す瞬間が直は好きだった。幸が吹き消すのを横で見ているのも好きだった。ふたりでよく「お誕生日ごっこ」をした。色とりどりの粘土でケーキを作り、ロウソクに見立てた鉛筆を年の数だけ立てる。

『こうちゃん、おたんじょうびおめでとー』

直が言うと、幸は『ありがとう』と笑って粘土のケーキにふーっと息を吹きかける。そしてふたりでぱちぱち拍手をし、おもちゃのナイフで切って食べる真似をするのだ。

『ね、ね、こうちゃんは、だれがいちばんすき？』

答えがわかっているくせに、直は何度も尋ねた。

『うーん、誰かなぁ』

そんな他愛もない意地悪にも、直は本気でべそをかいた。

『うそうそ、直だよ。直が一番好きに決まってるじゃないか』

ぎゅうっと抱きしめられると、頭の先から足の先まで幸せが満ちていった。

いつも一緒に遊んでくれた。勉強していても友達が遊びに来ていても、直がひと言『遊んで』と言えば必ず傍《そば》にやってきてくれた。小学校に上がると宿題も見てくれた。漢字の書き取りも算数の計算も、家では幸が先生だった。

毎日が楽しかった。幸さえいれば友達も必要なかった。

優しくて格好よくて頭がよくて。幸が世界一だった。すべてだった。

『直ってマジ、ブラコンだよね』

みな美にそう言われたのは、中学二年生の時だ。

は？　と首を傾《かし》げる直の前で、みな美は驚いたように目を見開いた。

『自覚ないの？』

自覚のあるなし以前に、ブラコンという言葉の意味を知らなかった。

帰宅時間が遅くなるからと部活動もせず、友達との約束より幸との時間を優先し、幸の帰りが少しでも遅いと誰とどこへ行っていたのかといちいち聞きたがる。

口を開けば幸ちゃん、幸ちゃん。そういうのをブラコンというのだとみな美は言った。

なるほどそういうことなら自分は間違いなくブラコンだ。ブラコンで何か問題があるのかと聞き返すと、みな美は呆《あき》れたように言った。

『自分のことって、案外見えないものだよね』

その言葉の意味を理解するのに、さほど時間はかからなかった。

その日、いつもより少し早く帰宅した直は、玄関から真っ直ぐ幸の部屋に向かった。ドアが少し開いていて、ぼそぼそと低く話す声がした。

幸の友達が遊びに来ているのだろうか。だったら挨拶した方がいいかなと、深く考えずドアの隙間から中を覗《のぞ》いた。

『あっ……』

そこで見た光景を、直は今でも忘れることができない。

窓辺で幸が、背の高い男と抱き合っていたのだ。くちゅ、くちゅ、と湿った音が聞こえて、十三歳の直にもふたりがキスをしているのだとわかった。

直はそっとドアから離れると、そのまま家を飛び出した。

——なんでキス？　なんで男？　なんで？　どうして？

全力で走りながら頭がぐるぐるした。

ふたつ先の通りの信号を曲がったところで、突然足の裏に激痛が走った。

『いっ……』

泡を食って靴も履かずに飛び出し、素足で小石を踏んづけたのだ。

あんまり痛くて涙が出た。蹲《うずくま》ってしゃくり上げていると、頭上から声がした。

『なーおっ、何してんのこんなとこで。十円玉でも落ちてた？』

みな美だった。

『幸さんと何かあった？』

そのままみな美の部屋に連れていかれ、いきなり尋ねられた。

どうしてわかってしまったのだろうと、心臓がドクドク鳴った。

『……別に』

『嘘。クールぶりっ子の直がそんなにパニクるのって、幸さん絡みの時くらいだもん』

直には見えていない直が、みな美には見えているのだろうか。

『あのさ、もし……もしもの話だけど』

ずっと、一生秘密にしようと思っていた。でもそんなこと現実にはできそうにないと、たった今気づいてしまった。全部打ち明けるなら、みな美しかいない。

『おれが幸を……そういう意味で好きだって言ったら、みな美どう思う？』

『そういう意味って、恋ってこと？』

うん、と小さく頷《うなず》いた。

『今さらでしょ』

へ？　と見上げた場所に、みな美の笑顔があった。

『そんなのとっくに気づいてるよ』

『そうだったの？』

『多分直が自覚する前から』

あっけらかんと言われて、直の方が戸惑った。

『気持ち悪くないのかよ。男同士で……しかも兄貴だし』

『誰を好きになったって、直は直じゃん』

みな美はさばさばと言い切った。

『うちのクラスの女子みんな、直のことクール系とか言うけど、はあ？　って思うわ。私の知ってる直って、幼稚園で毎日お漏らししてべそかいて、隣の田中《たなか》さんちのちっこいスピッツにビビッて学校に行けなかったり』

『忘れてくれ』

『生意気にも恋なんかしちゃってるーと思ったら、靴履かずに家を飛び出して小石踏んじゃって、ああやっぱ直は直だわ、みたいな』

ニカッとみな美が笑った。直も照れ隠しに笑った。

あの時みな美に『直は直じゃん』と言われなければ、秘めた恋の重さに押し潰《つぶ》されてしまったかもしれない。同い年なのになんでいつも上から目線なんだよと思うこともあるけれど、みな美にはいつだって感謝している。

幸が仕事を辞めて札幌に行くと知った時、脳裏にあの日の光景が蘇《よみがえ》った。

幸はおそらく、恋人のところへ行ったのだ。

穏やかで滅多に感情を乱さない幸だが、実はとても意志が強い。こうと決めたら意地でもやり通す頑固なところがある。ビビリのくせに強がってばかりの直とは対照的だ。

相手はあの日抱き合っていた男とは別の誰かかもしれない。けど幸がそれなりの覚悟で彼の元へ行くのだということだけはわかった。

旅立つ前夜、幸は『話したいことがある』と直の部屋にやってきた。

『あっちに行く前に、直にはちゃんと話さないといけないと思っていたんだ』

『…………』

『あのな、直』

真剣な兄の眼差《まなざ》しを、直は受け止めきれなかった。

『ごめん、おれ今から友達とカラオケ行くから』

直は聞きたくないとばかりに椅子から立ち上がり、幸の横を通り過ぎた。

『直……』

『オールするから今夜は帰ってこない。母さんに言っといて』

明日の朝には幸はもういない。わかっていてそんなことを言った。

『んじゃ、明日気をつけて』

振り返らず軽く片手を振った。バイバイ。それが精一杯の虚勢だった。

コンビニのダストボックスの前で逡巡《しゅんじゅん》すること三分。

結局直はぷにぷにあにゃるんを捨てることができなかった。

友達がわいわい猥談をする中に入っていけない。女性の裸にまったく興奮しない。皮肉なことに、幸のキスシーンが自分の性指向に気づくきっかけになった。ある時動画サイトで男同士のセックスを観た。そこがみるみる硬くなって、直は夢中で自慰をした。初めての射精だった。

自分はゲイだ。幸のような素敵な男とひとつ屋根の下に暮らしたら、好きにならずにいられるわけがない。中二なりにそう納得した。

それからも直は、時折エッチな動画を見ながら自慰に耽《ふけ》った。

幸に対する思いも、募りこそすれ衰えることはなかった。

しかし幸との具体的な行為を想像したことはなかった。血が繋がっていないとはいえ、幸は戸籍上の兄だ。兄弟なのだ。兄に恋しているというだけで薄暗い背徳感を覚えるのに、性的な想像なんてとてもできない。してはいけないのだと自分を戒めてきた。

――けど、本当にそうなのかな。

人は、他のみんなは、そんなふうに理性で性欲をコントロールできるものなのだろうか。

家に帰ると両親はまだ帰宅していなかった。直はリビングを素通りし、自室へ向かった。

宮司から奪還した紙袋をベッドに放り投げ――すぐに拾い上げた。

紙袋の中から、黒とショッキングピンクに彩られたいかにも怪しげな小箱を取り出す。

「ぷにぷに……あにゃるん」

つまりはシリコン製のローターだ。パッケージには男性器の形をした商品の写真が恥ずかしげもなくプリントされている。半透明のショッキングピンク。大きく張り出したカリの部分が、いいところを刺激するらしい。

「前立腺を捉えたら放さないダイヤモンド形状。攻撃的なほどの刺激が、きっとあなたを虜《とりこ》にするでしょう」

本格派のようだ。

幸は、こういうものを使ったことがあるのだろうか。

自分の知らないところで、誰かと使ったりするのだろうか。

——幸……。

直は唇を嚙みしめ、箱を開けた。

「……あれ？」

ない。

前立腺を捉えたら放さないダイヤモンド形状のそれは、箱の中に入っていなかった。

代わりに入っていたのは、『坂の上神社』と記された手のひらサイズの白い封筒だった。

封筒の中には見覚えのある薄桃色のお守りが入っていた。同じピンク色でもぷにぷにあにゃるんとは違う、そこはかとなく品の良さが漂う薄桃色だ。

「『結《ゆい》の矢』……」

それは坂の上神社で頒布している縁結びのお守りだった。数あるお札やお守りの中でも一番人気の品で、二日間の助勤中にも大勢の若い女性（時には男性も）が求めていった。

『結の矢』という名の通り、中に入っているお札は矢の形をしている。お札に片思いの相手の名前を書き入れて片手で持ち、もう片方の手で相手の身体に触れる。すると見えない矢が放たれ、思い人と結ばれる。そんな粋なコンセプトだ。

「なんで『結の矢』が」

よりによってぷにぷにあにゃるんの箱に入っているのか。

首を傾げながら封筒を裏返した直は、思わず「あっ」と声を上げた。

【恋と下半身のお悩み相談はこちら　坂の上神社宮司・久島鷹介《くしまおうすけ》】

久島鷹介。

それが彼の名前らしい。ご丁寧に携帯番号まで記されていた。

鷹介はぷにぷにあにゃるんの箱から、中身のローターを取り出し、自分の名前と連絡先を書いた封筒に入れた『結の矢』とすり替えたのだ。

「下半身の悩みって……」

何を考えているのだろう。

「バカなのか。ていうかバカだな。大バカ」

大人のすることじゃないだろう。直はぶっと噴き出した。

神職だ。宮司だ。神さまと人間を橋渡しする仕事なのだ。

そんな人間がこともあろうにショッキングピンクのローターを、一体どんな顔で手に取ったのだろう。そもそも取り出したローターは今、鷹介の元にあるのだろうか。

「まさか使うのかな……」

『尻出せ。これで気持ちよくしてやる』

低く囁《ささや》くあの声を想像したら、なぜだろう背筋がぞくりとした。

御幣や烏帽子《えぼし》より酒と煙草が似合いそうな、良くも悪くも俗っぽい風貌だった。おまけにこんな子供みたいないたずらを仕掛けてくるなんて、思考回路が理解不能だ。

神主という職業に抱いていたイメージが、がらがらと音をたてて崩れていく。

みな美の話によれば、鷹介は社務所に続く自宅にひとりで住んでいるという。

家族はどこにいるのだろう。恋人はいないのだろうか。

黙っていればモテそうなのに。

「って、何考えてんだおれ」

直は小さく嘆息し、中身がすり替えられていてよかったのかもしれないと思った。

もしそれが入っていたら、今夜試してしまったかもしれない。

幸のことを考えながらできるかどうか。幸を思って、イけるかどうか。

「まだ決まったわけじゃないから」

幸がこの家に帰ってこないと、まだ決まったわけじゃない。血の繋がらない兄に対して抱いてきたこの気持ち。その正体と対峙《たいじ》するのはもう少し先にしようと思った。


巫女の助勤から一週間が経《た》っても、直の心は晴れなかった。

幸は今何をしているのだろう。早くも里心がついたりしていないだろうか。

直は何をしているのかなと、直のところに帰りたいなと、たったひとりの弟のことを思って眠れない夜を過ごしてはいないだろうか。

そんなことばかり考えて、何をしても気もそぞろだった。

札幌に行こうと思いたったのは、ほんの気まぐれだった。

土曜の朝、起きるなり「幸のところへ遊びに行ってくる」と宣言して母を驚かせた。

アポなし訪問を決めたのは、事前に連絡をするといろいろ気を遣わせるからだ。居留守を使われることを恐れているわけではない。決して。

午前の便で千歳に飛んだ。新千歳空港からJRで一時間、昼近くには札幌に着いた。

土曜で会社が休みだった幸は、突然やってきた弟に驚きを隠さなかったが、それでも「上がれよ」と部屋に入れてくれた。

六畳二間のアパートの部屋には、当たり前だが幸の持ち物がそここに置かれていた。壁に掛けられたストライプのシャツは幸のお気に入りだ。サイドボードの上の置き時計は、去年の誕生日に直が贈ったものだ。猫の目が左右に動く凝った仕掛けの時計で、猫好きの幸のためにバイト代をつぎ込んで買った。

――飾ってくれてるんだ。

テンションが急上昇した。が、頬を緩めた次の瞬間、部屋の片隅に置かれたバイク雑誌が目に入った。幸はバイクには乗らない。原付にすら乗ったことがないはずだ。そういえば半年くらい前、幸が夜遅くに帰宅した時、窓の外でバイクのエンジン音がしたことがあった。

思い出したら一気にテンションが下がった。

「直、飲み物何がいい？」

キッチンから幸が顔を出した。

「いらない」

「何遠慮してんだよ。何でもいいなら紅茶にするぞ。あ、巨峰があった。食べるか」

幸がキッチンでがさがさしている間、直はさりげなく奥の部屋を覗いた。

木製のパーティションの陰にベッドが置かれている。多分セミダブル。六畳の部屋には少し大きすぎる気がした。ベッドサイドテーブルの上に、黒縁の眼鏡が置かれている。直は思わず目を逸《そ》らした。幸は眼鏡をかけない。

「来るって言ってくれれば迎えに行ったのに」

大粒の巨峰と紅茶を盆に載せ、幸が戻ってきた。

「直、ブドウ好きだよな」

「……うん」

「もらったんだけど俺たちあんまり食べないから、よかったら食べていって」

——俺たち……。

うっかり口が滑ったのだろうか。それともわざとだろうか。

どちらにしても幸がここで誰かと暮らしていることは、もやは明白だった。

バイクに乗り、家では眼鏡を使用し、ブドウがあまり好きではない、直の知らない誰かと。

「大学、忙しいのか」

「普通。般教は去年でほとんど取ったから結構ひま」

「いいなぁ、俺も学生に戻りたいよ」

「仕事忙しいの？」

「前の会社よりは少しな。でも楽しいよ。毎日充実しているから」

「……そう」

学生に戻りたいと思うほど忙しくても毎日が楽しいのは、誰のおかげなのだろう。

紫色の皮をぺろんと剝《む》きながら、気分がどんどん寒いでいく。

「今年はバイトとかしてないのか」

「短期でいろいろやってる」

巨峰の種をぷっと皿に噴き出す。

「模試の添削とか、本屋の開店準備の手伝いとか……あと、巫女とか」

「巫女？」

目を瞬《しばた》かせる幸に、週末の経緯をかいつまんで話した。

当然ぷにぷにあにゃるんの件は伏せた。

「坂の上神社か。懐かしいな」

「知ってるの？」

「何年か前にお参りに行ったことがある。『結の矢』っていう縁結びのお守りが欲しくてさ」

種を、飲み込んでしまった。

「確か今も、どこかに取ってあるはずだな」

「お守りって、一年経ったら神社に持っていかないといけないんじゃなかったっけ」

「本当はそうなんだけどな」

幸は俯き加減に頷いた。その横顔で、直にはわかってしまった。

中のお札に好きな人の名前が書いてあるから、いつまでも大切に持っていたいのだ。

「直」

幸が、紅茶をかき混ぜていたスプーンをソーサーに置いた。

「会って欲しい人がいるんだ」

直は応えず、ブドウの皮と種の散らばった皿を睨《にら》みつけた。

「今日は早めに帰ってこられるって言うから」

「………」

「雄大《ゆうだい》さん、ずっと直に会いたいって言ってて。だから今日、泊まっていけよ」

名前なんて、死ぬまで知りたくなかったのに。

「帰る」

「どうして。母さんには俺から――」

「もう帰りのチケット取ってあるから」

「キャンセルすればいいだろ」

「明日、朝からバイト入ってるんだ」

幸はしばらく黙り込んだ後、スマホを手に立ち上がった。どこかに電話しようとしている。

「何してんの」

「雄大さん、多分今昼休みだからちょっとだけ戻ってこれないかと――」

「やめろよ！」

直は立ち上がり、幸の手からスマホを取り上げた。

「直……」

「ごめん。今日中に帰んなくちゃならないから会えない。その……人に」

たった今知ってしまった名前を、口にすることができない。

そっかと小さく呟く幸の顔を、見ることができなかった。

すぐに帰ると言ったが、せめて昼飯くらい食っていけと引き留められた。帰りのチケットなど取っていないことも、明日のバイトが口から出任せなことも、幸はすべてわかっているのだろう。

幸が作ってくれたチャーハンは直の好きなバター醤油《しょうゆ》味で、もうこれを食べることはないのかもしれないと思ったら鼻の奥がつんとした。

アパートを出る直前にトイレを借りた。洗面台で手を洗おうとして、寄り添うように二本並んだ歯ブラシを見てしまった。

青と緑の歯ブラシ。どっちが幸のでどっちが雄大のだろう。そう思ったらたまらなかった。

羽田に着いた時、街は宵闇に包まれていた。

繁華街にはネオンが灯《とも》り始めた。ちゃらりん、と友達からメッセージが入る。

【直ひま？　ヒロんちに集まってんだけど来ない？】

【今日無理。ごめん】

【りょ】

誰にも会いたくなかった。音量をゼロにしようとした途端、今度は着信があった。みな美だった。

『ちょっとぉ、札幌行ってるんだって？　どうして言ってくれなかったのよ』

のっけから文句を言われた。母から聞いたらしい。

「なんでみな美に言わなくちゃいけないんだ。てかもう東京だし」

『へ？　なんで？　幸さんいなかったの？』

「いたけど……忙しそうだったから」

ふーんという声は、どこか訝《いぶか》しむようだった。

「なんか用か。ないなら切るぞ」

『なによその言い方。用があるからかけてるんでしょ』

「なんだよ」

『宮司さんのこと。昨日聞き忘れたんだけど、私が電話してる間にふたりで何話してたの？』

「別になんもしゃべってねえよ」

『嘘つくと閻魔《えんま》さまに舌抜かれるわよ』

「何、あいつのこと気になるの？　惚《ほ》れたとか？」

混ぜっ返すとみな美は少し焦ったように『バーカ』と言った。

『ひとつ教えてあげる。イケメンはね、全女子の心のオアシスなの。遠くから観賞するだけで三年、言葉を交わしたら五年、寿命が延びるの』

あーそーですかと直は短く嘆息する。

「みな美になりすましたことがバレて、説教されてたんだよ」

『あちゃー、やっぱりか。宮司さん怒ってた？　今度ちゃんと謝らなくちゃ』

「おれが謝っといたからいいよ」

もう二度とあの神社に行かなければ済む話だ。

「用はそれだけか。切るぞ」

『あ、待って、あともうひとつ』

「なんだよ」

みな美は『うん』と少し言い淀んだ後、珍しく神妙な声で言った。

『あのさ直、幸さん、もう帰ってこないと思うよ』

目の前の信号が赤になる。直はゆっくりと足を止めた。

「……なんだよ、急に」

『直も気づいてると思うけど、いろいろ』

「…………」

知ってる。わかってる。そんなことみな美に言われなくても、嫌ってほどわかっている。

直は深呼吸をひとつして、スマホを握り直した。

「気づいてたよ、おれだって」

そして今日、とどめを刺された。

『直……』

「でも大丈夫だから。心配すんな」

『ほんとだね？　自棄《やけ》になったり――』

「しねえよバーカ。そこまで弱くねえよ」

だよね、とみな美のちょっと潤んだ声が聞こえた。

――当たり前だ。おれはそんなに弱くない。自棄になんかなるわけ……。

二十分後、直はショットバーのカウンターにいた。去年クラスの友人に連れてきてもらったことがある店だ。特に気に入ったわけではなく、ひとりで入れそうなバーを他に知らなかっただけだ。

いつしか日はとっぷりと暮れ、店内にはすでに数人の客がいた。直はメニューから適当に聞いたことのあるカクテルを頼んだ。三口くらい飲むと、早くも気分がよくなってきた。

――当たり前だ。おれがそんなに弱いわけないじゃんか。

カウンターの隅で、直はひとりグラスを傾けた。

ガラスケースに映る姿は、我ながら様になっている。塩顔クール系の真骨頂だ。

『新しい出会いを探しなよ。直ならきっといい人見つかる。私が保証する』

そう言ってみな美は電話を切った。

「新しい出会いねえ」

そんなものがそこらにころころ転がっていたら誰も苦労はしない。ころころ転がっていないからこそ、縁結び神社なんてものがあるわけで。

ふと、忌まわしい顔が浮かんだ。

不遜で、嫌味ったらしくて、偉そうで。

――うえ、酒が不味《まず》くなりそう。

くいっとひと口呷《あお》った時、背後から「ここ、いいかな」と声がした。

「横、座っても大丈夫？」

振り向いた先に立っていたのは、優しげな面立ちをした若い男だった。

仕立てのよさそうなスーツを着ている。ネクタイの趣味も悪くない。

「どうぞ」

男は小さく口元を綻ばせ、直の横のスツールに腰を下ろした。

「ひとり？」

「……ええ」

「一緒に飲もうって言ったら、迷惑？」

直は小さく首を振った。男は少し大げさに「よかった」と胸を撫《な》で下ろす仕草をした。

他にも席はいくつも空いている。ナンパかもしれない。

「実はきみが店に入ってきた時から、一緒に飲みたいなと思ってて。でも断られたら結構ショックでしょ？　だから迷ってたんだ」

やはりナンパだった。

「どうしておれと」

「可愛いって、よく言われない？」

「言われません」

否定した傍から思い出した。昨日、鷹介に腹の立つほど嫌味な口調で『可愛い顔して』とかなんとか言われた気がする。けれどこの男の言葉には、鷹介のような毒はない。

空きっ腹に飲むと酔うよと、サンドイッチを頼んでくれた。アルコール度数の高い酒を飲む時は、水やソーダ水（チェイサーというらしい）を傍らに置いて、ゆっくり飲むといいのだと教えてくれた。

男の話は終始楽しかった。自慢も愚痴もなく、自分の素性を語るでもなく直のプロフィールを探るでもない。当たり障りのない話題でその場を楽しむ術《すべ》を熟知しているようだった。

スマートな人だなと思った。身のこなしも話し方も。

これがナンパならそんなに悪くない。直が気づかなかっただけで、新しい出会いは案外そこらにころころ転がっているのかもしれない。

「そろそろ出ようか」

そう言われて、一時間以上話していたことに気づいた。

立ち上がろうとしてふらついた。ゆっくり飲んでいるつもりでも、一時間も飲み続ければそれなりの量になる。二十歳の誕生日までまだ数ヶ月ある。家で父のビールをくすねることはあっても、外で本格的に飲んだことはなかった。

「大丈夫？　ちょっと飲みすぎちゃったかな」

「大丈夫です」

脇に手を入れられ、なんとか立ち上がった。カウンターの向こうでマスターが何か言いたげに眉を顰めた。支払いは男がしてくれた。

「すみません、お金……」

「いいよ。そういうの気にしなくて」

「でも」

「きみみたいな可愛い子、滅多に会えないから」

男相手に可愛いなんて言うくらいだから、同じ性指向の人なのかもしれない。

——結構いるんだな。

自分と幸と雄大。三人しか知らなかった仲間が、今夜四人に増えそうだ。

図らずも男に身体を預け、夜の街を歩く。

「だいぶ酔っちゃったみたいだね。少し休もうか」

どこかで聞いたことのある台詞《せりふ》に、力なく頷いた。ひとりでは真っ直ぐ立っていることもできない直に、自力で帰るという選択肢はなかった。

ホテルの部屋に入った途端、直はベッドに崩れ落ちた。傍らの男がスーツの上着を脱ぐ様子が、視線の片隅に映る。安っぽいドラマみたいで現実感がない。

今さっき知り合った相手とホテルにいる。この街じゃそう珍しいことでもないのだろう。

誰にでも〝最初〟はある。どんなヤリチンにも千人斬りにも、最初の一回は必ずあるのだ。

最初は幸と。いつの頃からかそう決めていた。

具体的なあれこれを想像することもできなかったくせに、頑《かたく》なにそう決めていた。

だけどそれはもう叶《かな》わない。だったら誰が最初でも同じだ。

「優しくするからね」

手慣れた感じの指先が、シャツのボタンを外していくのをぼんやり感じていた。

最初は夜の街でナンパされた相手でした。クール系として、これは武勇伝になるだろうか。

『お前ろくな恋愛してねえだろ』

不意に鷹介の偉そうな声が聞こえた気がした。

――うるせえよ。

小さく舌打ちしすると、男が「何か言った？」と首を傾げた。

「ろくな恋愛って、どんな恋愛ですかね」

「どうしたの急に……脱がすよ」

男は苦笑しながら直の上半身を裸にし、魔法のように鮮やかにベルトを抜き去った。

「きみ細いねえ。肌きれい」

「おれらが今してることって、やっぱろくでもないことですか？」

ジーンズのファスナーを下ろしながら、男が苦笑した。

「どうかな。でも行きずりで寝るのは、そもそも恋愛じゃないでしょ」

「……ですよね」

好きな男に振られたその日に、好きでもない男と寝るのかお前は。ガキだわバカだわ、ほんともう救いようがねえな。鷹介なら多分そう言う。

「好きな体位とかある？」

「タイイ？」

体位だと気づくまでに十秒かかった。

「えっと……」

「好きなプレイとかあるなら言って。ご要望に沿えるかどうかわからないけど」

淡々と男が言う。もしかしたらこの男は営業マンで、いつも『お客さまのご要望に沿えるよう検討いたします』なんて言っているのだろうか。

セックスって何だろう。誰かと身体を繋げたら、昨日まで見えなかったものが見えるようになったり、昨日までわからなかったことが急に理解できたり、そんな魔法のイベントなのだとどこかで思っていた。

ヒラケゴマ、みたいな。ちょっと違うか。

「すみません、おれ、やっぱ無理です」

「は？」

「こんなところまで来ておいて、アレなんですけど」

見上げた顔には、はっきりと「面倒くさい」と書いてあった。

「今さらですけど」

「そうだね。今さらだね」

今度は男が舌打ちをする。

「ひどいことはしないよ。約束する。変わった性癖とかないから」

男の顔が近づいてくる。直は咄嗟《とっさ》に顔を背けた。

「おい、いい加減にしろよ」

その苛《いら》ついた声に、直は初めて恐怖を覚えた。

この人のこと、何も知らない。何も知らない人と、セックスしようとしている。

自分が今しようとしていることが、どれほど愚かでどれほど危険なことなのか、半裸にされてキスされそうになって、初めて気がついた。

「すみません。本当にごめんなさい」

起き上がろうともがく直を、男がベッドに張りつける。

「この期に及んで、そんなの通用すると思う?」

「ごめんなさ——あっ、痛っ」

肩口を軽く噛まれた。

ピリッとした痛みに、恐怖が増殖していく。

「黙ってマグロになってな。気持ちよくしてやるから」

「や、嫌だっ」

直は必死にもがいた。

「いいから大人しくしろよ!」

「離せ!」

渾身の力で突き飛ばすと、バランスを崩した男がベッドの下にごろんと落ちた。

直はテーブルのバッグを引ったくり、無我夢中で部屋の外に飛び出した。

そこからはもう、どこをどうやって逃げたのか覚えていない。気づいた時には見知らぬ公園の公衆トイレの裏に座り込んでいた。

地面はまんべんなく落ち葉で覆われている。今が十一月だということを思い出し、身体がぶるっと震えた。

上半身は裸。ジーンズのベルトも抜かれた。靴も靴下も履いていない。こんなところを知り合いにでも見られたら、明日から生きていけない。いや、知り合いならまだいい。欲望の渦巻く夜の街で、上半身裸の若い男などただのエサだ。

寒さよりオバケより幽霊よりゾンビより、誰かに見つかるのが怖かった。

——何やってんだ、おれ。

付近の道路をパトカーが巡回している。赤色灯にあぶり出されないよう身を縮める。

——誰か……。

辛うじて持ち出したバッグからスマホを取り出した。

——幸……。

ピンチの時、いつでも助けてくれた幸。

今頃あのアパートで、雄大と甘い夜を過ごしているのだろうか。

——父さん、母さん、みな美……。

ダメだ、こんな姿を見たらみんな卒倒する。

絶望しかけた時、ふとバッグの中にくしゃくしゃになった白い紙を見つけた。

「あ……」

坂の上神社の封筒だった。

直は藁《わら》にも縋《すが》る思いで、書かれた電話番号を押した。

ワンコール、ツーコール。お願いだから出てくださいと神に祈る。

スリーコールで繋がった。

『はい』

ビビリの直でなくてもビビるくらい、それはそれは不機嫌な声だった。

こんな夜中に知らない番号からかかってきたのだ。それも当然だろう。

『どちらさまですか』

「あの、えっとですね、恋と下半身のお悩み相談はこちらでしょうか」

『………………』

長い沈黙があった。

実際にはほんの数秒だったのだろうが、直にとっては果てしなく長い時間に感じられた。

『なんか用か、エロチェリー』

「用がないとかけちゃいけないなら、携番とか書いてよこすなよな」

『切るぞ』

「ま、待てよ!」

『待ってくださいだろーが。クソガキ』

チッと聞こえた舌打ちが泣きたいくらい嬉しかった。

さっきの男の舌打ちには、恐怖と嫌悪感しか覚えなかったのに。

「待ってください」

『ガキの暇つぶしの相手してる暇はねえんだけど』

「用、ある。あります。大事な用が。ちょっと、今から会えませんか?」

『明日にしろ』

「明日まで待ってたら、おれ多分死ぬ。凍死する」

『はぁ~?』

「今来てくれないと、明日の朝刊見て後悔することになりますよ。夢見悪いですよ」

『お前、何言ってて――』

「今すぐ来てください! できれば車で!」

逃げ込む途中でちら見した公園の名前を告げ、一方的に通話を切ると、直はその場に一層深く蹲った。

来る、来ない、来る、来ない。雑草をむしりながら待った。そうでもしていないと、夜の闇に吸い込まれ、二度と戻ってこられないような気がした。

手の届く範囲の草をむしり尽くした頃、公園の入り口付近に車が停まる気配がした。短距離走のようなスピードで足音が近づいてきて、膝《ひざ》を抱えて俯く直の前でざざっーと止まった。

「おい」

直はのろりと顔を上げた。

「あ、どうも」

「何やってんだ、お前」

鷹介は呼吸も整わないまま屈《かが》み込んで、直の顔や身体に素早く視線を飛ばした。

手には毛布を持っている。

「怪我は？」

「ないです……多分」

「服はどうした」

「置いてきました」

直は「あのへんに」とホテル街の方向を指さした。

おおよその事情を察したのだろう、鷹介はこの世の不機嫌を凝縮したような顔で、直の上半身を毛布でふわりと覆った。

「毛布……なんで？」

「凍死するとか言うからだろ」

死ぬほど迷惑そうだったのに、ちゃんと話を聞いていてくれたのだ。

「無理矢理連れ込まれたなら、警察まで付き合うぞ」

「一応……合意の上、でした」

「…………」

二度目の沈黙も長かった。鷹介は「行くぞ」と立ち上がった。

「立て」

大きな手のひらが、目の前に差し出された。

「立てない」

「あぁ？」

「だからっ、立てないんです。腰、抜けちゃって」

「…………」

深いため息を地面にめり込ませた後、鷹介は背中を向けてしゃがんだ。

「乗れ」

「え、でも」

「乗らないなら置いてくぞ」

「の、乗ります。置いてかないで」

直は躊躇いがちに、分厚くて広いその背中に腕を伸ばした。

力強く尻を持ち上げられ、安堵感で涙腺が崩壊しそうになったけれど、泣いたりしたら自業自得だろと怒られそうだから、必死にこらえた。

「本当にどこも怪我していないんだな？」

「してません」

「見えないところもか」

「見えないとこ？」

頭が回らない。ぐずっと洟《はな》を啜《すす》ると、ペチンと尻を叩かれた。

「だからこの尻だ。ホテルで変なことされなかったのかと聞いたんだ」

そういうことかとようやく思い至り、「ぎりぎりセーフでした」と小さく頷いた。

鷹介は「ったくバカタレが」と吐き捨て、まるで荷物でも投げ込むように直を助手席に放り込んだ。

車は夜目にも目立つ、左ハンドルの高級ステーションワゴンだった。鷹介が乱暴にエンジンキーを回すと、高排気量特有のブオオオンという振動が尻から伝わってきた。

あんなおんぼろでも、神社というのは儲かるのだろうかとぼんやり思った。

「あの」

「なんだ」

「家に、帰りたくない……です」

鷹介は、フロントガラスを見つめたままサイドブレーキを解除する。

車がゆっくりと動き出した。

「それはつまり警察に——」

「やめてください！　お願いだからそれだけは」

身売りされそうになった町娘のように、鷹介の腕に縋った。

「離せ。危ねえな。じゃあなんなんだよ」

「今夜ひと晩、そちらに泊めていただけた……ら……と」

「………」

無言のまま信号待ちを二回し、右折して左折して、もう一度右折したところで鷹介がため息をついた。

「ひとつ言っておく。おれはバカが嫌いだ」

「………」

「ずうずうしいやつはもっと嫌いだ。自分をないがしろにするやつはこの世で一番嫌いだ」

直は助手席できゅんと縮こまった。

こんな自分、直だって情けなくてたまらない。

「だって好きな人が」

「あぁ？」

「ずっと好きだった人が、突然恋人のとこに……札幌に行っちゃったんです。だからおれ、今朝飛行機で札幌に」

「行ったのか」

鷹介が振り向いて目を剝いた。直はこくりと頷く。

「愚かだな。俺の目に狂いはない。やっぱりお前は筋金入りのバカだ」

「だってずっと、ずーっと好きだったんです！」

「あっそ。それで？　行ってよかったか？」

よかったと思えたらこんなことにはなっていない。

その場にいない雄大の濃厚すぎる気配に窒息しそうだった。

思い出したらまた鼻の奥がつんとしてきた。

「どうせふたつ並んだ歯ブラシとか見つけて、べそべそ泣きながら帰ってきたんだろ」

「どうしてわかるですかっ！」

今度は直が目を剝いた。

「誰にでもわかることだ。お前以外な。いいか」

少々荒っぽくハンドルを回しながら、鷹介は言った。

「バカはな、借金と同じだ」

「借金？」

「ひとつバカなことをやると、続けてまたバカをやってしまう。バカの連鎖だ。で、そのバカがバカを呼び込んで今度は大バカをやる。雪だるま式に大きくなるんだ」

まさに今の自分だ。

「失恋するたびに知らない男にケツ差し出してたら――」

「差し出していません！」

「差し出したも同然だろ、バカ！」

もう何度目の「バカ」か数えられなくなっていた。

数十分の間に、一生分の「バカ」を浴びせられた気がする。

「バカの連鎖を解く方法は、ひとつしかない」

「あるんですか、方法が」

ぜひその秘策を伝授願いたい。

「反省することだ。口先だけじゃなく、心の底からだ。今から神さまに誓え。もう失恋した相手を追いかけたりしません。自棄になって知らない男と寝ようとしたりしませんとな」

「神さまに、ですか」

「そう。神さまにだ。――着いたぞ」

「え？」

鷹介は車を車庫のような場所に入れた。

ずっと自分の足元と鷹介の横顔しか見ていなかった直は、初めて窓の外に目をやった。

「ここは」

「ガレージ。俺ん家の」

「それじゃ今夜、泊めてくれるんですか」

「明日の朝刊見て後悔したくないからな。ほら、さっさと降りろ」

酔いと疲労でふらふらの直を置いて、鷹介はとっとと玄関に向かってしまった。

社務所とひと続きになっている古い母屋《おもや》が、鷹介の住まいだった。みな美が言っていた通りひとり暮らしだという。整然としていた社務所とは反対に、住居スペースは玄関も廊下もどこか雑然としていた。

車の中では直をバカの見本市のように罵倒した鷹介だが、家に入るなり「まず風呂で温まれ」「客用パジャマはないからこのジャージ着ろ」「腹減ってないのか」と、戸惑うくらいかいがいしく世話を焼いてくれた。

風呂から上がると、「こっちだ」と呼ばれた。南側の部屋だ。

「ありがとうございました。身体温まりまし――」

襖《ふすま》を開け、目に入ってきた光景に直は絶句する。

「おう、上がったか」

鷹介が缶ビールを手に、肘枕で寝っ転がっていたからではない。彼の周囲、居間と思しき八畳ほどの和室一面が、物という物で埋め尽くされていたからだ。

右の壁際には破魔矢《はまや》や絵馬の入った段ボールが無造作に置かれ、その横になんの躊躇いもなく買い置きのトイレットペーパーが置かれていた。反対側の壁際には、洗濯済みだと信じたい衣類の山と、雑誌とＤＶＤが雑多に混ざった山脈があった。

食卓と思しきテーブルは、上も下もビールの空き缶や食べ終わったインスタント麺のカップや、なんだかわからないゴミで埋め尽くされていた。ゴミではないものも混ざっているのかもしれないが、その存在は俄《にわか》には確認できない。

「酔っ払い様用にスポドリ出しておいたぞ」

鷹介はテーブルの隅に置かれたスポーツドリンクを顎《あご》で指し、くいっとビールを呷った。

「そんなとこで突っ立ってないで入れ。ちょっと散らかっているけど気にするな」

ちょっとどころじゃねえよと思ったが、文句を言える立場ではないことはわかっている。

「さすがにちょっとサイズデカかったな、それ」

ちょっとどころじゃねえよと思ったが、やはり文句を言える立場ではない。

しかし用意してくれたジャージは、上下とも直がもうひとり入りそうなサイズで、袖も裾も二回ずつ捲《まく》らなければならなかった。

「失礼します」

後ろ手に襖を閉め、転がっていた何かの空箱や丸めたレシートをさりげなく足で除《よ》け、自分の座る場所を確保した。

「隣の部屋に布団敷いといたから」

「何から何まで……すみません」

「それ飲んだら寝ろ。失恋のだめ押し旅行と強姦未遂のダブルヘッダーだもんな。さぞお疲れだろう」

激動の一日を血も涙もない言葉でさくっとまとめ、鷹介はまたビールを呷った。空になったらしく「どうすっかな。もう一本いこうかな」とぶつぶつひとりごちている。

晩秋の夜。あたりは不気味なほど静かだ。

あらめてここが鎮守の森に囲まれた神社なのだと思い知る。

「光ってるぞ」

鷹介が指さしたのは、傍らに畳まれた直のジーンズだった。上に置かれたスマホに着信を示す青色の光が点滅している。

――幸からだ。

飛びつくようにスマホを手に取った。

「幸、どうしたの、こんな時間に」

嬉しさを抑えるのに苦労した。雄大と喧嘩でもしたのかもしれない。それでやっぱり東京に帰ってくることになったのかもしれない。

『無事に着いたかなと思ってさ』

「着いたに決まってるだろ」

家にではないけれど。

「心配して電話くれたんだ」

『うん。でも考えてみればお前ももう大学生だもんな』

「そうだよ。心配しなくても飛行機くらいひとりで乗れるよ」

幸は『だよな』と笑った。

『直』

「……ん?」

『いつかちゃんと話を聞いて欲しい。直がその気になったらでいいから』

ちゃんと何を話したいのか、わかってしまうから苦しくてたまらない。

ふたつ並んだ歯ブラシが、目蓋《まぶた》の裏に焼き付いて消えない。

「おやすみ」

震える声でそれだけ言った。

『おやすみ』

答えた幸の声はやっぱり優しくて、胸が張り裂けそうだった。

通話が切れると、また静けさが戻ってきた。

「おれと幸は、血が繋がっていないんです」

「あ?」

「兄です。五つ年の」

いきなり話し出したのは、まだ少し酔いが残っていたからかもしれない。閉じ込めても押し込めても溢《あふ》れてきそうな胸の内を、誰でもいいから聞いてほしかったのかもしれない。

「申し訳ありませんが、兄弟喧嘩のご相談はちょっと」

「恋の話です」

きっぱり言い切ると、少し間があった。

「幸が父の連れ子で、おれが母の連れ子。両親が再婚したことで兄弟になったんです」

「人の話聞いてんのか」

「両親が再婚したのは、幸が九歳、おれが四歳の時でした」

「あのなあ……」

鷹介は物が挟めるんじゃないかというほど眉を顰めたが、やがて諦めたように傍らの缶ビールを手に取りプルタブを引いた。渋々だが、話を聞いてくれる気になったらしい。

「実の父親は、おれが一歳になる前に病気で亡くなったそうです」

互いに再婚だからと親族すら呼ばず、新しく家族になる四人だけで結婚式を挙げた。当時住んでいた家の近くにある小さな神社だった。

幼かった直は、すべてをはっきりとは記憶していない。ただ新しくできた家族、特に兄の存在が嬉しくて、式の最中は幸の横顔ばかり見ていた。

視線に気づいた幸は、時々直の方を見て笑ってくれた。ヘン顔なんかもしてくれて、思わず声をたてて笑ったら、母が困った顔で振り返った。父は笑顔だった。神主さんも巫女さんも笑っていた。つられて母も笑い出した。直もまた笑った。

嬉しくて幸せではしゃぎすぎた直は、神社の敷地で迷子になってしまった。両親が着替えている最中に幸とかくれんぼをしていて、境内の裏の林に迷い込んでしまったのだ。

式が終わったのは秋の夕方だった。

あれよあれよと暗くなっていく林の中で、直はずっと泣いていた。

『おかあさーん、おとうさーん、こ……こうちゃーん』

覚えたての『こうちゃん』を、少し遠慮がちに、それでも一生懸命に叫んだ。

やがて泣き疲れてうとうとしてしまった直を、見つけてくれたのは幸だった。

『お父さん！　お母さん！　いた！　いたよ！　直！　直！　大丈夫？』

その声で直は目を覚ました。父より母より先に幸が抱きしめ、頬をすり寄せてくれた。

九つの少年の細い腕だったけれど、とても力強かったことを覚えている。

「なかなか泣きやまないおれに、幸が千歳飴食べさせてくれたんです。あの時もちょうど十一月で、おうちに帰ったらふたりで分けて食べなさいって、式の前に父さんに買ってもらったやつ。袋から出してパキンと割って、ほら直これ食べなよ。食べたら涙止まるよって……」

膝の上に置いた拳《こぶし》にはたはたと温かいものが落ちてきて、直は自分が泣いていることに気づいた。

「帰り道、四人で手ぇ繋いで帰ったんだ……ザ・家族って感じで、すげー幸せだったのに……なんで幸は出てっちゃったんだろ」

「家族の形なんていつかは変わるものだ」

「なんでこうなっちゃったんだろ。おれ、なんか悪いことしたかな」

ぽろぽろと涙の粒が頬を伝う。ずずーっと洟を啜ると、ティッシュの箱が飛んできた。

はぁぁと長いため息が聞こえる。

あーめんどくせえ。鷹介の心の声が聞こえそうで、また涙が溢れた。

「言っちゃなんだが、お前相当してるぞ、悪いこと」

「……え」

「え、じゃねえよ。女装して巫女の助勤に入ったよな。おまけにバッグの中にはアダルトグッズだ。拾ってもらった礼も言わず、おれのじゃないと言いながら俺の手から引ったくって逃げやがった。未成年のくせに飲酒して、知らない男とラブホに行った挙げ句身ぐるみ剝がれて、公園の便所の裏で草むしりときた。この寒空に。裸で」

ぐうの音も出なかった。

「下は……穿いてました」

「高校生みたいな顔して、やることがえげつないぞ。何がぷにぷにあにゃるんだ。おじさんたまげたわ」

鷹介はカオスと化したテーブルの下から、おもむろにそれを取り出した。

「こうして見ると結構えぐい形だな。ここが前立腺を刺激するってわけか」

「捨ててなかったんですか」

「電池は別売りだそうだ」

「返してください」

「使うのか」

「おれの勝手です」

「どうせ大好きな兄ちゃんに抱かれるところを想像しながら、アナニーするつもりだったんだろ」

「なっ……」

「誰にでもわかることだ。お前以外な」

真っ赤になって俯きながら、直は「違います」と呟いた。

「嘘つけ」

「本当に違います。幸のことを想像してそういうことしたこと、一度もない」

「はぁ～？」

珍獣を見るように、鷹介は目を見開いた。

「一度も？　好きなんだろ？　兄ちゃんが」

「好きです。大好きです。でも具体的な想像はできなくて……だって兄弟だし、小さい頃からずっと一緒に暮らしていて、大人になってからもたまに一緒にお風呂入ったりしてたし……だからそういうこと想像できないっていうか」

幸との楽しい思い出が蘇ってきて、また涙が落ちる。

「お前さあ、その〝好き〟は違うだろ」

「何が違うんですか」

「恋じゃないってこと」

「具体的に想像できなかったら、恋じゃないんですか」

「ない」

即答だった。

「俺はプラトニックなんてのは信じない。あれはおとぎ話だ。竜宮城だ。騙せるのは何も知らないガキだけ。酸素ボンベなしに海の底に潜ったら死んじまうことくらい、大人はみんな知っている。そもそも愛と性欲を分離するなんてどんな手品だ。タネがあるに決まってる」

乙姫さまもびっくりな持論を繰り広げながら、鷹介は鼻の頭に皺《しわ》を寄せた。

「好きになったら触りたい。キスしたい。抱きたい。押し倒して押し開いて、あの手この手でエロの限りを尽くしたい。それが普通だ」

「あんたと一緒にすんな」

「一緒だ」

「一緒じゃない！」

直はキッと顔を上げた。そして今日一日スマホと一緒にジーンズのポケットにねじ込んであったそれを取り出し、鷹介の前にバシンと置いた。

「悪徳神社の悪徳神主」

「あ〜？」

「何が『結の矢』だよ。効き目なんて毛ほどもないじゃん」

家を出る時、『結の矢』に名前を書き入れた。ぷにぷにあにゃるんの代わりに箱に入っていたものだ。

綾瀬幸。好きで好きでたまらないその名前を、小学校の書き初めより丁寧に書いた。

アパートの玄関を出る時、ポケットの中の『結の矢』を握りながら、よろけたふりをして幸の身体に触れた。幸は目を見開き、それから吐息のように『ごめん』と呟いた。

幸はおそらく直のポケットの中身に気づいていた。

だからあの『ごめん』は『お前の気持ちに応えられなくてごめん』の意味だ。わかっていたけれど『いいよ、送ってくれなくても大丈夫』と笑ってごまかした。

胸が、絞られるようにぎしぎし痛んだ。

『結の矢』なんて効かなかった。だって幸は最後まで言ってくれなかった。

本当は直が好きなんだ。すぐに東京に帰るから待っていろと。

「こんなインチキのお守り売って暴利を貪《むさぼ》って」

人の純情を高級外車に変えるなんて、最低の人間のすることだ。

「この神社の神さまって人を選ぶんですね。人によって態度変えるんですね」

「聞き捨てならないな、いろいろと」

「だってそうじゃないか！」

幸の願いは叶ったのに、直の願いは叶わなかった。

「捨ててください、それ」

「お守りは捨てない。お焚《た》き上げするんだ」

「どっちでもいいです。どの道まったく効かなかったんだから」

鷹介は「あのなあ」と、今日何度目かの深く長いため息をついた。

「世の中のすべての恋が叶ったら、それこそ大混乱だろーが」

「言い訳ですか」

「神さまは人を選んだりしないがな、恋は選ぶ」

鷹介はむくっと身体を起こすと、手にしていた缶ビールをテーブルに置いた。

「どういう意味ですか」

「日本では法律上同性同士の結婚は認められていない。知ってるか？」

「知ってます、そんなことくらい」

「お前の兄ちゃんと相手の男は、今の日本で暮らす限り夫婦にはなれない」

「だからそれくらいのこと」

「黙って聞け。ただしそれはあくまで法律上の話だ。男同士、女同士、一生寄り添いたいと決めて一緒に暮らし始めたら、それはもう夫婦だ。好き合って愛し合って結婚した男女と同じだ。法律がどうとか世間がどうとか、そんなことは関係ない。お前の兄ちゃんは結婚したんだ」

鷹介はそう言い切った。

「でも」

「でもじゃねえんだよ。好きな人と結婚して幸せに暮らしている相手を、横から好きになって奪おうとすることをなんていうか知ってるか？　教えてやるよ。横恋慕だ。もっと言えば不倫だ。お前はな、不倫しようとしているんだ」

「違っ――」

「違わない。悪いがうちの神さまはな、不倫に荷担するようなアホじゃないからな。見くびらないでもらいたいな」

鷹介はそう言って、缶ビールを手に取るとぐいっと一気に飲み干した。

「そもそも恋でもない。なのに不倫ときた。神さまもさぞ混乱したことだろーよ。ワシにどうせえっちゅーねーん、ってな」

神さまがそんなお笑い芸人みたいなこと、言うわけがない。

「不倫じゃ……ない」

「不倫だ」

「心配して電話くれたし」

「それは兄弟愛だ」

「だって！」

叫んだら、目に溜《た》まっていた涙がはらりと零《こぼ》れた。

「知り合ったきっかけが〝兄弟〟だったんだ……だから、でも十五年ずっと好きで、だから……だって、おれもうわかんないっ！」

嗚咽《おえつ》しながら天井を向いた。眦《まなじり》から零れた涙は左右の耳朶《じだ》を濡らした。

鷹介は無言のまま立ち上がり、部屋を出て行った。呆れて相手にするのが嫌になったのだろうと思ったが、すぐに戻ってきた。

白い紙に包まれた棒のようなものを持っている。鷹介はテーブルの上で紙を剝き、中から取り出した棒の端をひと口大にパキンと割った。

「口開けろ。あーん」

は？　と首を傾げた瞬間、口の中に棒の欠片《かけら》が押しこまれた。

「千歳飴。山ほどあるから遠慮するな」

「甘い……」

「飴だからな」

えぐえぐとしゃくり上げながら、舌の上で千歳飴を転がす。

あの日幸が口に入れてくれた飴と悲しいくらい同じ味がした。

鷹介は直の正面に胡座《あぐら》をかいた。

「いいか、お前はヒヨコだ」

唐突に、鷹介は衝撃的な断定をした。

「ヒヨ……コ？」

「お前にとって兄ちゃんは、最初に知り合った〝同じ性指向の男〟だった。性に目覚め始めた頃、たまたま目の前にいて、あれこれ世話を焼いてくれる優しい兄ちゃんを、恋の相手だと勘違いしたんだな。刷り込みってやつだ」

尻に殻を付けた生まれたてのヒヨコが、目の前にいた鳥を親と勘違いしてひょこひょこ付いていく姿が頭に浮かんだ。

「うるっ、さいっ」

「そういうのを恋とは呼ばない」

「うるさいっ、うっ……ぐ」

叫んだら千歳飴が喉に詰まりそうになった。

「危ねえな。窒息するからおとなしく食え」

「おれの気持ちなんか、わかんないくせに」

「他人の気持ちが手に取るようにわかったら、そっちの方が不気味だ。でもな」

予告もなしに、大きな手のひらがふわりと頭の上に下りてきた。

——えっ……。

「恋じゃなかったかもしれないけど、世界一大好きな兄ちゃんが自分を置いて、他の男のとこに行っちまったんだ。ブラコンのガキにはキツかったろうなーと、想像することはできる」

舞い降りた手のひらは直の頭頂部でぽんぽんと弾み、それからシャンプーしたての髪をくしゅくしゅと撫でた。

「うっ……」

不意打ちはずるい。こんなふうに温かくて優しい手のひらはダメだ。

全部預けて、晒《さら》して、縋ってしまいそうになる。

「触る、なっ」

「可愛くねえなぁ」

鷹介がクスッと笑った。

心の中で長い間凝《こご》っていた何かが、飴と一緒にとろとろと溶けていくのがわかった。

わかっていたのだ。恋じゃないのかもしれないと、どこかでずっと疑っていた。

だからぷにぷにあにゃるんで確かめようとした。

心の奥の痛む場所をぐいぐい押され、悲鳴を上げたけれど、いつかはそうしなければならなかったのだろう。この痛みを乗り越えなければ、見えないものがあるのだろう。

――もしかして、この人すごく優しい……？

そう思ったら心臓がドクンと鳴った。

けれど鷹介は、定時で帰るサラリーマンのようにあっさりその手を引いてしまった。

「さてと」

鷹介が立ち上がった。

「俺はそろそろ寝る。ちゃんと歯ぁ磨いて寝ろよ」

「はい……あの」

「まだなんかあるのか」

「そろそろ寝るんですよね」

「そう言ったろ」

薄く開いた襖の向こう、居間とひと続きの和室に布団がひと組敷かれている。

鷹介はおそらく自分の寝室で眠るのだろう。

「ひと晩中、電気点《つ》けたままでもいいですか」

「好きにしろ。じゃあな」

「ちょっ、ちょっと待って」

両親の結婚式で迷子になった一件がトラウマになった。

暗い場所、知らない場所、ひとりの夜、直には苦手なものがたくさんある。

特にここは神社。一番の鬼門だ。

「もういい加減に――」

鷹介は言いかけて呑《の》み込み、「ああ、そっかそっか」といたずらっぽく笑った。

直がひとりで寝られないことに気づいたのだろう。

「ったく面倒くせえの拾っちまったな。猫より始末が悪い」

舌打ちせんばかりに文句を言いながら、直の布団を自分の寝室に運び、ベッドの脇に敷き直してくれた。

楽しそうに鼻歌を歌っている。直もよく知っている大好きな曲だ。愛してるっていう言葉だけで生きていけるよ。そんな歌詞だった。タイトルはなんだったろう。

――思い出した。チェリーだ。

鷹介は人の神経を逆撫でする天才だ。直は尖《とが》ったため息をひとつついた。

「寝小便すんなよ。エロチェリー」

「しません」

「なんかあったら起こせ」

「なんか？」

「さっきのこと思い出して、怖い夢見たりとかさ」

――心配してくれてたんだ。

直は鼻まで潜った布団の端をぎゅっと握った。

「今日はご迷惑おかけしました」

「まったくだ」

「二度とバカなことしません」

「そう願いたいね。裸で蹲っているお前を見つけた時、心臓止まるかと思ったわ」

寿命が縮んだぞと眠そうな声で言って、鷹介は欠伸《あくび》をひとつした。

夜中に駆けつけてくれた。見ず知らずの大学生のために。

バカなのに。自業自得なのに
「本当にありがとうございました。宮司さんがいなかったらおれ今頃――」

「あのさあ、直」

欠伸混じりに、どうでもよさそうに、初めて名前を呼ばれた。

「なんですか」

「せめて鷹介さんと呼べ」

「わかりました。おやすみなさい、お……鷹介さん」

呟きに、返事はなかった。

聞こえてきた寝息を子守歌に、直は深い眠りに落ちていった。


一宿一飯の礼を告げて神社を去り、先週までと変わらない平和で退屈な日常に戻るはずだった。しかし今、直は大きなスポーツバッグ一杯に荷物を詰め、坂の上神社へ続く階段を上っていた。

思い出すだけで忌々《いまいま》しい。階段の中腹で歯ぎしりをした。

『いつまで寝てんだ、エロチェリー！』

午前七時、その怒鳴り声で直は飛び起きた。

寝ぼけた頭に、昨夜の記憶が戻ってきた。

『お、おはようございます』

『こんな時間までよだれ垂らして爆睡か。いい度胸だな』

鷹介は二時間も前に起き、朝拝、境内の落ち葉掃き、拝殿や本殿の掃除といったルーティンワークをすべて済ませていた。

慌てて『朝食の支度を』と申し出たが、それもすでに用意されていた。申し訳ないと思いつつご馳走になった。やや焦げたトーストと、かなり焦げた目玉焼き。それがいつもの鷹介の朝食だという。栄養バランスもへったくれもないが、お腹が空いていたのでわりと美味《おい》しかった。空腹は最高のスパイスというのは本当だな、などと考えながら二枚目のトーストをかじっていると、鷹介が『そうそう』とコーヒーカップを置いた。

『昨夜《ゆうべ》の相談料のことだけどな』

『相談料？』

直はきょとんと首を傾げた。

『よもや踏み倒すつもりじゃないだろうな。相談だけでなくお迎えの出張までしたんだぞ』

直は驚きすぎて、トーストの耳を噛んだまま固まった。

『お金、ですか』

『即金でとは言わない』

『……最低』

直の呟きに、鷹介は片眉を上げた。

『口止め料込みだってことを忘れるなよ。女装で巫女の助勤、アダルトグッズの持ち込み、飲酒、でもってナンパに引っかかり裸で草むしり。なんならM大の前でビラ撒《ま》いてもいいんだぞ、経済学部の綾瀬直くん』

昨夜、ほんの一瞬でも優しい人だと思った自分をぶん殴りたくなった。

『いくら払えばいいんですか』

『どうせたいした金持ってないんだろ。とりあえずしばらくの間、お前のすべての時間をよこせ』

『はい？』

『金じゃなく労働。身体で返せと言っているんだ。あ、二十四時間勤務な』

住み込みということだろうか。

『脅しですか』

『どうとでも。そうだな、まず今日はこの部屋を片付けてもらおうかな』

『え、ここ全部ですか？』

『嫌ならいいんだぞ。M大前にビラを――』

家政婦、借金の形、下僕、奴隷。多分どれも正解だ。

頭がくらくらしたが、わかりましたと答える以外直に道は残されていなかった。

ひとまず家に戻り、最低限の荷物をまとめ、母に【ゼミの自主合宿で、しばらく友達のところに泊まり込むから】と嘘のメッセージを送ると、坂の上神社に舞い戻ってきた。

「最悪最低。腐れ坊主……じゃなくて腐れ神主」

悪態をつきながら階段を上りきると、本殿に人影が見えた。

午前中、初宮参りの祈禱が一件入っていると言っていた。『結の矢』の御利益で結ばれ結婚に至ったカップルのほとんどが、安産祈願、初宮参り、七五三といった節目を、すべて坂の上神社でと希望してくれるという。

近づいてそっと覗いてみると、木製の長椅子に緊張した面持ちの人が五、六人腰かけていた。真ん中に座る初老の女性が、白いレースのベビーケープに包まれた小さな赤ちゃんを抱いている。おそらく赤ちゃんのお祖母ちゃんだろう。お祖母ちゃんの左右にはスーツ姿の若い男性とワンピース姿の女性。赤ちゃんのお父さん、お母さんだ。

お祖母ちゃんの正面で、鷹介が祝詞《のりと》を読み上げる。

濃紺に丸い紋の入った狩衣《かりぎぬ》、紫色の袴。

頭上には黒い烏帽子が載っていて、長身の鷹介をさらに大きく見せている。

赤ちゃんの頭上で、鷹介がゆっくりと大幣《おおぬさ》を振る。

ザッ、ザッ、という音が静寂に響き渡った。

その所作の端麗さに、直は思わず息を呑む。

――なんか、すげえ……。

悔しいけれど、凛とした立ち姿には神々しささえ感じる。カップ麺と缶ビールの海に横たわる緩みきった昨夜の鷹介と、とても同じ人間とは思えなかった。

ぼーっと見惚《みと》れているうちに祈禱が終わった。人手が足りないのか、拝殿の前で鷹介が自らカメラを構えている。ぐずる赤ちゃんをあやしながら「はい、チーズ」とシャッターを押したが、赤ちゃんが泣き出し撮り直しになる。

なかなか大変そうだが、鷹介は最後まで笑顔を崩さなかった。

「本当に立派になって。見違えちゃったわよ」

ようやく写真を撮り終えた一団が参道をこちらに向かってくる。

赤ちゃんを母親の手に渡したお祖母ちゃんが、目を細めて鷹介を見上げた。

「まだまだ半人前です」

「鷹介くんが宮司さんになったって聞いた時から、うちの孫の宮参りは坂の上神社でと決めていたのよ」

「ありがとうございます。そうおっしゃっていただけて、祖父も喜んでいると思います」

鷹介が深々と頭を下げた。

「商店街の人はみんな、鷹介くんが戻ってきてくれたこと、とても感謝しているのよ」

「感謝なんて。小さい頃から自分がこの神社を継ぐと決めていましたので」

神主になるのが夢だという子供に、直は一度も会ったことがない。調子いいこと言っちゃってと、ちょっぴり鼻白んだところで、鷹介が近づいてくるのが見えた。

直は慌てて母屋に駆け込み、季節外れの大掃除に取りかかった。

初宮参りの祈禱の後、鷹介は休む間もなく今度は区内の建築現場へ地鎮祭に出向いていった。帰りは夕方だという。帰宅後すぐに夕拝を終え、山のような雑務をこなし、ようやく夕食にありつけるのは深夜になることもあるらしい。どんなに就寝が遅くても翌朝は五時前に起床しなければならないのだから、並のサラリーマンよりよほど忙しい。小さな神社だから暇なのだろうというのは、直の勝手な想像だった。

「だからって……」

忙しいのはわかるが、何をどうするとここまで散らかるのか。一時間片付けても二時間片付けても終わりが見えてこない。積み上げられた雑誌の山に何やら黒光りする物体を見つけ「うわっ」と声を上げた。この世で最も苦手な生き物であるところのGだと思ったのだが、よく見てみるとテレビのリモコンだった。

「テレビ観ないのかよ」

貴重品は別にしてあるから居間にある物はすべて捨ててくれと鷹介は言っていた。しかし片付けを始めてみると、リモコンの他にも何かの書類やらどこかの鍵などが次々と発掘され、対処に困った。

「丸投げとかありえないんだけど」

あとでまとめて鷹介に指示を仰がなくてはならない。どっと疲れが出た。

「ダメだ。ちょっと休も」

畳に尻を落とし、そのまま背中からごろんとひっくり返った。

うーんと背伸びをすると、押し入れの襖が数センチだけ開いているのが見えた。

——まさか押し入れの中も片付けろとか言うんじゃないだろうな。

直はくるりと起き上がり、襖を開けて押し入れの中を確認した。

封をしていない段ボール箱がいくつか並んでいるだけで、それほど物は多くなかった。何気なく箱の中を覗いてみると、大きめのファイルが何冊も入っている。それぞれの背表紙には『年少』『年中』から『小学六年生』までのラベルが貼られていた。

直は『年中』のファイルを手に取り、ぱらぱらと開いた。

「みどりのおか保育園、きりんぐみ、さかがみおうすけ……ってこれ、鷹介さん？」

水色の色画用紙に、黄色のベレー帽を被《かぶ》った可愛らしい男の子の写真が貼られている。

苗字が久島ではなく『さかがみ』なのが不思議だった。両親が離婚したのかもしれない。

写真の下には小さな手形が押してあり、『おおきくなったら』という欄には拙《つたな》いひらがなで『かんぬし』と書かれていた。

——さっきのあれ、本当だったんだ。

鷹介は決して調子のいいことを言ったわけではなかったのだ。直はほんの少し反省した。

好きな動物と好きな食べ物を書く欄もあり、ここにもまた辛うじて読める文字で『おうま』『ほとけえき』と綴られていた。

「ほとけえき……だって。可愛いじゃん」

思わず口元を緩めて見入ってしまった。傍若無人な現在の鷹介からは、逆立ちしても想像できない可愛らしさだ。

箱の中には他にも、園で描いたのであろう動物の絵や、通園した日にシールを貼ってもらう台帳などがきちんと並べて収められていた。これでもかと散らかった居間の惨状とは、ある意味対照的だ。

もしかするとこの押し入れは、長い間手つかずなのかもしれないと思った。思い出の品をこんなふうに整然と収納しておくのは、おそらく鷹介自身ではなく、彼の親……。

ぼーっと考えていると、玄関の呼び鈴が鳴った。

「……マジか」

今日は客が来る予定はないと聞いていたのに。

「あれ、鍵開いてる。鷹介、いるのか？」

男の声だ。親しげに鷹介と呼ぶところをみると、宅配便ではなさそうだ。

出て行こうか隠れようかと迷っていると、客人がずかずかと上がり込んできた。

「鷹介、いるなら返事くらい――あ？」

入ってきたのは、すらりと背の高い男だった。年は鷹介と同じくらいだろうか。鷹介と違って細身だが、こちらもかなりの美形だ。直は慌てて頭に巻いていた白いタオルを外した。

「すみません、あの、おれは」

「お客さん……じゃないよね」

頭にタオルを巻いてゴミ袋を手にした客はあまり見かけない。

どう自己紹介すればいいのだろうとぐるぐるしていると、男が「あっ」と目を輝かせた。

「きみもしかして、この週末助勤に入ったっていう」

鷹介から聞いていたのだろう。直は「はい」と小さく頷いた。

「綾瀬直です」

「そっか。きみが」

どうせ女装の件も聞き及んでいるに違いない。男は意味ありげな笑みを浮かべ「加賀谷《かがや》集《しゅう》です」と名乗った。坂の下の商店街にある加賀谷酒店の六代目で、坂の上神社の氏子だという。

「鷹介とは同い年で、まあ幼なじみみたいなもん」

「今お茶を」

「ああ、いらないよ。車取りに来ただけだから」

「車?」

「昨夜遅くに、鷹介のやつ突然『車貸せ』って電話してきて」

「あ……」

間違いなくそれは、直のせいだ。

昨夜の高級外車は、鷹介ではなく集のものだったらしい。

「あいつの車、昨日ちょうど車検に出してたみたいでさ」

自分の車がなかったのに、わざわざ借りてまで迎えにきてくれたのだ。

――そんなことひと言も……。

直は唇を噛んだ。ふたたび前言撤回だ。鷹介はやっぱり優しい。

「すみませんでした」

「なんできみが謝るの。大体あいつはいつも横暴なんだ。人の車借りておいて『忙しいから取りに来い』とかさ。まあ忙しいのは確かだけど」

集はそう言って部屋を見回した。

「そういやちょっときれいになった気が。きみが片付けたの」

「脅されまして」

「女装の口止め料？」

「そんなところです」

集は「お気の毒に」と眉尻を下げた。

細身の黒いパンツに合わせたボルドーのシャツが、華やかで垢抜《あかぬ》けた印象の集を引き立たせている。商売人らしく人当たりのいい表情と相まって、人を惹きつける明るいオーラを放っていた。

「キー差したままだったから、車持っていくね。鷹介が帰ってきたら伝えておいて」

「わかりました」

「ところで直くん、しばらくここにいるの？」

「なんか、そういうことになったらしいです」

実に不本意なのだけれど。

「確かにちょっとやそっとじゃ片付きそうにないもんね、ここ」

「ええ」

「しかし、珍しいこともあるもんだ」

玄関へと廊下を歩きながら集が呟いた。

「鷹介が母屋に誰かを入れるなんて、滅多にないことだから」

「そうなんですか」

靴べらを探しながら、集は「うん」と頷いた。

「氏子さんは社務所の奥の控え室に通すだろ。よほど親しい相手じゃないと母屋には入れないんだ。あのザマだからね」

直は「なるほど」と半笑いした。

「汚部屋にしちまうくらい忙しいなら、家政婦を頼めといつも言ってるんだけど『間に合ってる』の一点張り。ぜんぜん間に合ってないだろって。これじゃ女も連れて来られないよ。

ねえ？」

——女……。

左胸のあたりに一瞬、ツキンと鈍い痛みを覚えた。

慣れない肉体労働で、早くも筋肉痛になったのだろうか。

「あの見た目だからほら、周りが放っておかないだろ。学生の頃の彼女は何人か紹介されたんだけど、宮司になってからは『ここに入れるのは俺の嫁だけだ』とかなんとか格好いいこと言っちゃって。ま、外で済ませちゃってるんだろうけど」

集はカラカラと笑った。

——外で……。

胸の同じところがまたツキンとした。

「おれは、男だからOKだったんですね」

「いや、あいつの場合、男も女も……」

言いかけて、集は言葉を濁した。

「ま、とっかえひっかえいろんな相手を連れ込んだりしたら、先代が草葉の陰で泣いちゃうからね」

「先代？」

「この神社は元々、鷹介のお祖父さんが宮司をしていたんだ。そのお祖父さんが九年前に亡くなって、孫の鷹介が後を継いだんだ」

鷹介は子供の頃、この神社で暮らしていたという。氏子である集とは同い年ということもあってよく一緒に遊んだ。中学生の時事情があって引っ越してしまったが、その後も連絡を取り合っていた。お互いのことは嫌というほど知り尽くしているのだと集は言った。

「まあその辺の詳しい事情はまた追々」

集は肩を竦めて苦笑した。何か複雑な事情があるのかもしれない。

車をガレージから出すと、集が運転席の窓を開けた。

「直くんがしばらくいるなら、配達のついでにまた遊びに来るよ」

鷹介よりは集の方がずっと話をしやすい。直は「はい」と笑顔で頷いた。

「鷹介があんまり楽しそうに話すから、どんな子なのかなって気になっていたんだ。会えてよかったよ」

「楽しそう？」

一昨日、あろうことか鷹介は集にこう言ったという。

『可愛い巫女だと思ったら、なんと女装男子だったんだ。植え込みの掃除をしていたら、ウイッグを外したそいつが階段を下りてくるのが見えてさ。バレてないと思ってるようだったから、ちょっとからかってやろうと思ったのに、逃げられちまった』

鷹介が植え込みから飛び出してきたのは、偶然などではなく自分を驚かすためだったということか。愕然《がくぜん》とする直に、集はさらなる衝撃のひと言を放った。

「じゃあまたね、あにゃる～ん」

「あ……っ」

去っていく車の窓から、ひらひらと右手が振られている。

言葉もなく立ち尽くす直をからかうように、車はすいすい坂を下っていた。

――あんの、クソ神主……。

いくら友達とはいえ、しゃべるか普通、そういうことを。

三度前言撤回だ。鷹介は優しくなんかない。

「とっとと片付けて、とっとと出てってやる！」

直はぷりぷりと掃除を再開した。

夕方、ガレージに車が停まった。思ったより早く帰ってきた鷹介が乗っていたのは、低燃費で有名な国産車だった。地味だけどよく走るこの車が、鷹介に似合っている気がした。理由はないけれど。

ようやく半分ほど片付いた居間に入るなり「お、リモコンあったのか」と歓声を上げた。

「チャンネル変えるの面倒だったんだ。あ、この文庫本もずっと探してたんだ。買ってすぐ読む前に見当たらなくなっちまって。どこにあった」

「その中です」

もう何年も使われていないと思しき、薄汚れた炊飯ジャーを指さした。

「なんでそんなところに」

こっちが聞きたい。鷹介は「酔っ払って入れたのかな」と首を傾げ、文庫本のページをぱらぱら捲《めく》った。

「捨てていいのかどうか迷った物は、そっちの箱に入れておきましたからご自分で選別してください」

「わかった。ありがとう。疲れただろ」

「別に……そんなに」

突然素直に感謝を告げられて、心臓が間違えたみたいにぴょんと跳ねた。

集に「あにゃるん」呼ばわりされたことについて、嫌味のひとつも言ってやろうと鼻息を荒くして待っていたのに、出鼻をくじかれてしまった。

「風呂入ったら、飯食いに行こう」

「外にですか」

「台所、見ただろ」

確かに台所のカオスっぷりも居間といい勝負だ。トーストと目玉焼きが出てきたのが奇跡にすら思えるが、目玉焼きが焼けるのだから最低限ガスコンロは使えるのだろう。

「おれ、何か作りましょうか」

「お前が？」

「簡単なものしかできませんけど」

正直料理は幸ほど得意ではないけれど、今から着替えて外食するのは億劫《おっくう》だ。

「そうは言ってもだな」

台所を隅々まで確認したが、カップ麺とビール以外に出てきたものは、パスタの束とツナ缶だけだった。野菜室はいっそすがすがしいほど空。切れ端すら見つからない。

「ツナとパスタか」

ふと、母が時々作ってくれるツナと大根おろしのパスタが頭に浮かんだ。茹《ゆ》でたパスタの上にツナとおろし醬油を載せるだけの、超お手軽な和風パスタだ。カイワレや海苔《のり》をトッピングすることもある。

「大根があればなあ」

ぼそっと呟くと、鷹介が「大根ならあるぞ」と言った。

「あるんですか」

「ああ。めちゃくちゃ新鮮なのがな」

鷹介は何か企《たくら》んでいるような顔で、にんまりと微笑《ほほえ》んだ。

「近くに野菜農家をやっている佐藤《さとう》さんという氏子さんがいる。通称キヨ婆ちゃん。俺の顔を見るたび『大根も人参《にんじん》もじゃがいももも、好きな時に好きなだけ持っていけ』と言ってくれるありがたいお婆ちゃんだ。とてもいい人だ」

「遠いんですか」

「歩いて五分だ」

幸い外はまだ薄明るい。

友達の車を借りてまで飛んできてくれた昨夜の恩に、少しくらいは報いたい。

「おれ、もらってきます」と直は立ち上がった。

「じゃ、頼むかな」

鷹介はそうこなくっちゃとばかりに、直に軍手とランタンを押しつけた。

「なんですか、これ」

「本殿の裏の鎮守の森には、小道が一本通っている。けものみちに毛が生えた程度の道だが、一本道だから迷うことはないだろう。下りきったところにある畑がキヨ婆ちゃんの畑だ」

「けっ、けものみち？」

思いっきり顔が引き攣《つ》る。

「う、氏子さんの家なら鷹介さんが直々《じきじき》に行かれた方が」

「俺は基本的に野菜が嫌いだ。偏食だからな。キヨ婆ちゃんは俺の顔を見るたび『好き嫌いすると大きくなれないよ』と小言ばかり言う。三十過ぎた今もだ。野菜など食べなくても俺はこんなにデカくなった。ジャンクフード万歳、粉物万歳だ」

「苦手なんですね。キヨ婆ちゃんが」

「何を聞いていた。とてもいい人だと言ったろ」

「それならなおさら鷹介さんが行かれた方がいいです。おれ、留守番していますから」

踵《きびす》を返した直の襟首を、鷹介がむんずと掴んだ。

「自分で行くと言っただろ」

「気が変わりました」

「断る権利があると思ってるのか」

「ないんですか」

「ない」

即答だった。

「お、表から行く道はないんですか」

「あるけど、森を迂回することになるから一時間かかるぞ」

知らない道をひとりで一時間も歩くくらいなら、外食した方がマシだ。

「もう四つの子供じゃないんだからな、迷子になるなよ」

そう言って鷹介は「俺はビール飲んで待ってる」と居間に戻ってしまった。

「クソ神主。腐れ神主。アホ。ボケ。変態」

思いつく限りの悪態をつきながら、薄暗くなり始めた森の小道を駆け下りた。左右からランダムに伸びる木の枝が、オバケだぞ〜と襲ってくるような気がして、直はぶるんと震えた。

せめてじゃんけんにすればよかった。一緒に来てくださいと頼めばよかった。

超が付くビビリだから無理ですと、正直に言えばよかった。

後悔はひとつとして先に立たない。

大丈夫。大丈夫。ここは鎮守の森なんだから、オバケも幽霊も神さまがやっつけてくれるはずだ。そう自分に言い聞かせ先を急いだ。

どうにか目的地の畑に辿《たど》り着くと、庭で作業をしていた人の好《よ》さそうな老婆が「こっちこっち」と手招きしてくれた。代わりの者を行かせると、鷹介から連絡があったのだという。

「遠慮せんと、じゃがいもも玉ねぎもたくさん持っておいき」

悲しくなるほど空っぽの冷蔵庫が頭を過ったが、さすがに持ちきれない。後ろ髪を引かれる思いだけれど、今日のところは大根だけもらって帰ることにした。

「あんた、もしかして久島家の人かい？」

突然キヨ婆ちゃんが尋ねた。

「違います。今ちょっと、住み込みでお手伝いをさせていただいていて」

「そうかね。お手伝いさんかね。そんなら安心だ」

キヨ婆ちゃんは、皺だらけの顔をくしゃっと綻ばせた。

――安心？

どういう意味だろう。自分が久島家の人間だと、氏子に何か不都合があるのだろうか。

「先代が亡くなられた時には、坂の上神社はこのまま取り潰しになるんだろうかとみんな心配したものさ。ところがある日孫の鷹介ちゃんが戻ってきて『跡を継ぎます』と言ってくれてねえ」

キヨ婆ちゃんにとって鷹介は、いくつになっても鷹介ちゃんなのだろう。

「小っちゃい頃は酒屋の集ちゃんとふたりで悪さばっかりして、よく叱ったものさ。それがまあ、あんなに立派な若者に育って。ここいらも高齢化が進んじまって、あたりは年寄りばかりだからね、鷹介ちゃんみたいな若い宮司がいてくれるのは、本当に心強いんだよ。私たちにとっちゃ、鷹介ちゃん自身が神さまみたいなもんさね」

ビール片手に汚部屋でゴロゴロしている神さまが頭に浮かんで、ちょっと可笑《おか》しくなった。

「立派に育ったのはいいんだけれど、あの子は昔から偏食でね。野菜嫌いなんだよ。あんな食事ばかりしていたら、いつか身体を壊すんじゃないかと心配しているんだよ。あんた、美味しいもの作って鷹介ちゃんにたくさん食べさせてやっておくれよ」

キヨ婆ちゃんはそう言って、大きな大根を三本ばかり畑から抜き、袋に入れてくれた。

「すぐに暗くなるよ。早くお帰り。鷹介ちゃんによろしくね」

「はい。ありがとうございました」

作業の途中だったらしく、キヨ婆ちゃんは畑の端に並んだ肥料の袋を、納屋の庇《ひさし》の下に運び始めた。見ればまだ三十袋近く残っている。日暮れまでに全部運べるだろうか。

直は「手伝います」と、肥料の袋を担ぎ上げた。

「あんた、そんなことしなくていいよ」

キヨ婆ちゃんは慌てた。

「おれこう見えて力持ちなんです。日が落ちる前に運んじゃいましょう」

腕に力こぶを作る真似をすると、キヨ婆ちゃんは感激したように目を潤ませた。

「三年前、お爺さんに先立たれてね。娘たちも地方に嫁いだもんだから余計に心細くて。でもお葬式が済んだ後で鷹介ちゃんが来てくれて、私の携帯電話に自分の番号を登録していってくれたんだよ。『何かあったらいつでも呼んで下さいね』って」

「そうだったんですか」

あの番号は、恋と下半身の相談以外にも役に立っていたらしい。

「見た目は女たらしの俳優さんみたいだけど、心根の温かい子だよ。だから今さら久島の家に戻ると言われても困ってしまうのさ。坂の上神社の宮司は、鷹介ちゃん以外にいないよ」

キヨ婆ちゃんは穏やかな瞳で、秋色の森を見つめた。この森の向こう側には鷹介がいる。そのことがひとり暮らしのキヨ婆ちゃんにどれほどの安心を与えているのか、直にもわかるような気がした。

十分ほどで袋をすべて運び終わった。直は大根の礼を告げ、今駆け下りてきた小道を、息を切らして駆け上った。ほんの十分の間に、あたりはかなり暗くなってきた。

——本当に慕われてるんだなぁ、鷹介さん。

走りながら、初宮参りの祈禱をする今朝の鷹介を思い出した。

一心に大幣を振るその姿を、神々しいと感じるのは直だけではないのだろう。

自分が褒められたわけでもないのに、なんとなく嬉しくなって自然に頰が緩んだ。

それにしても、久島家に戻ると困るというのはどういう意味なのだろう。

写真の下で躍っていた「さかがみおうすけ」という幼い文字を思い出した。

——いろいろとわけありなのかなあ……。

考えごとをしながら半分ほど戻ったところで、直は足を止めた。

「あれ」

行きに見た風景となんとなく違う気がする。ひたすら真っ直ぐに下ってきたはずなのに、さっきから小道がくねくねと曲がり、進むにつれて細くなっている。

いつの間にか完全に日が落ちていた。ランタンの灯《あか》りだけが頼りだった。

暗くなったからそう感じるだけなのかもしれない。思い直して歩き出したけれど、行けども行けども境内は見えてこない。行きは五分で畑に着いた。上りだということを考慮しても、十分かかっても戻れないなんてことがあるだろうか。

——どこかで間違えたのかも。

引き返そう。そう思った時だ。ザザザッと大きな音がして周りの木々が蠢《うごめ》いた。

「うわあっ」

時ならぬ人の気配に、鳥が飛び立っただけなのだが、驚いた直は思わず尻もちをついてしまった。抱えていた大根を庇《かば》ったため、落ち葉の上に尻を強《したた》かに打ちつけた。

「痛ってぇ……」

十五年の時を経て、まさかの迷子ふたたびとは。

「なんなんだよ、もう」

情けなさと闘いながらスマホを取り出した。鷹介に電話をかけたが、何をしているのか出てくれない。まさかビールを呷って眠ってしまったのだろうか。

あたりはしんとして、さっきの鳥たちさえどこかに消えてしまったようだ。

怖くない。怖くない。大丈夫。大丈夫。

言い聞かせれば言い聞かせるほど、恐怖が膨らんでいく。

怖くない。大丈夫。でも。

「お……」

鷹介さん、助けて。

叫ぼうと息を吸った瞬間、背後の枝がザザッと揺れた。

「うわあああっ！」

直は大根を放り出して頭を抱えた。

「た、助けて……」

がたがたと震えていると、尻をペチンと叩かれた。

「お前なあ、何をどうするとこんな細い道に迷い込めるんだ」

「……へ」

振り返るとそこには、求めていた姿がランタンの灯りに浮かび上がっていた。

「鷹介さん……」

「こんな横道があったなんて、俺ですら知らなかったぞ。履歴書の特技欄に書けるな。迷子になること、すっ転ぶこと、助けを呼ぶこと」

「で、電話したのに」

「あ、スマホ置いてきた」

ことなげに言うと、鷹介は直が放り投げた大根を拾い上げ、「ほれ」と背中を向けてしゃがんだ。

「どうせまた腰抜かしてんだろ。特技に追加だな。腰を抜かすこと。おんぶされること」

「うるさい……」

半べそでそっぽを向きながら、直は鷹介の背中に乗った。

昨夜と同じ大きくて温かい手のひらが、尻に付いた落ち葉をパシパシと乱暴に払う。

「なんでこんなに時間かかったんだ。けもの道の途中にスタバでもあったのか？」

キヨ婆ちゃんの手伝いをしなければ、暗くなる前に戻れたのだけれど。

「鈍くさいやつだなまったく」

「悪かったですね」

「暗いところが怖いなら、もっと急いで帰って来いよ」

そのひと言に、直はキッと眉を吊り上げた。

「知ってて取りに行かせたんですね。たったひとりで、こんな真っ暗なけもの道を！」

鬼！　悪魔！　とその肩を拳で叩くと、広い背中が楽しそうにくくっと揺れた。

「せいぜい狸《たぬき》くらいしかいねえよ。ホテル街に比べたら百倍安心だ」

「鷹介さん、性格悪いって言われませんか」

「あぁ？」

「昼間、加賀谷さんが来ました」

「みたいだな。車なかったから。会ったのか、あいつと」

「はい。あにゃる〜んって呼ばれました」

嫌味たっぷりに言ってやったのに、無礼にも鷹介は「ぶっ」と噴き出した。

「最高だな」

「最低です」

「どうせ余計なことをいろいろしゃべったんだろ、集のやつ」

「別に。鷹介さんが結構やんちゃだったたって話くらいしか聞いてません」

「何億年前の話だ」

「外ではヤリチンなくせに家には嫁しか入れないそうですね」

「ヤリチンとは心外な。据え膳をありがたくいただいていただけだ」

「同じじゃん」

「同じじゃねえ、バーカ。振り落とすぞ」

ぶんぶんと左右に揺すぶられ、直は「ぎゃあ」と鷹介にしがみついた。

「落ちたらどうするんですか！　あっぶなっ」

本気で文句を言ったのに、鷹介は楽しそうに笑うばかりだ。

振り落とされないように、直は鷹介の首に手を回し、腰のあたりに足を巻き付けた。これで多少乱暴に振り回されても落っこちない。どうだ参ったかと言わんばかりに、足で鷹介の腰を締めつけると、チッと小さな舌打ちが聞こえた。

「ったく……性悪め」

「え？」

「いーえ、なんでもございません」

「意地悪だし嘘つきだし。なのに鷹介さんモテるんですね」

「いつ俺が嘘をついた」

「母屋には嫁しか入れないって公言してるらしいじゃないですか。なのにどうしておれを入れたんですか」

一瞬、鷹介は足を止めたが、またすぐにせっせと山道を上り出した。

「あーそうか。そういやそうでした」

棒読みの台詞が腹立たしい。

「嘘つき決定だ」

勝ち誇ったように直が笑うと「決定すんな」と尻を叩かれた。

「いいことを考えついた。お前が嫁になればいいんだ」

「はあ？」

「お前が俺の嫁になれば、俺は嘘つきじゃなくなる。名案だ。俺は天才か」

「俺が嫁？　あっは。なんの冗談ですか」

大笑いしたところで、ようやく境内が見えてきた。

茹でたパスタにツナとおろし醤油を載せただけ。それだけではなんなので大根の葉を入れた味噌汁《みそしる》も添えてみた。なんともシンプルな夕食だったが、鷹介は「美味いな」と完食してくれた。

気まぐれに料理をすることはあるけれど、こんなふうに誰かのために食事を作ったのは初めてかもしれない。多めにと三人前作ったパスタは、あっという間になくなった。きれいに平らげた鷹介が、「ごちそうさまでした」と丁寧に両手を合わせるものだから、なんだかちょっと嬉しくなってしまう。

「誰かに作ってもらった飯って、やっぱり美味いな」

卓袱台《ちゃぶだい》の向こうで、鷹介が誰にともなく呟いた。

その横顔がどこか寂しげで、直は皿を下げようと伸ばした手を止めた。

あり合わせのパスタで、こんなに喜んでもらえるとは思わなかった。

カップ麺か外食。そんな寂しい食生活を、鷹介はもう何年も続けているのだろうか。

坂の上にぽつんと建つ、この神社でたったひとり。

「こんなものでよければおれ、いつでも作りますよ」

言ってしまってからハッとした。それじゃまるで嫁だ。

「あ、いや、そういう意味じゃなくて、はは」

慌てて言い訳にかかる直に、鷹介は「そりゃ嬉しいな」と微笑んだ。

わーい、嫁、嫁と、ガキ大将みたいにからかうんじゃないかと身構えていた直は、その優しい笑顔に拍子抜けする。

——嬉しいって……。

「凝ったものは無理ですけど」

「よろしく頼むよ」

「……はい」

なんだろうこのくすぐったいような恥ずかしいような、胸の疼《うず》きは。

正面からじっと見つめてくる鷹介と目を合わせられなくて、直は立ち上がった。

「洗い物しちゃいますね」

「それは俺がやる。飯作ってくれたんだから、お前は先に風呂に入れ」

言いながら鷹介は、手早く食器を集め始めた。

「それじゃ……お言葉に甘えて」

直は突然の疼きから逃れるように、そそくさと風呂場に向かった。

湯船に浸《つ》かると少し収まった。

手の届かない心の奥を、素手でさわさわと撫でられたような気がした。覚えのない感覚だった。でも不快ではなくて。

天井から落ちた水滴が、ぴちゃんと水面に落ちた。

部屋や台所はとっ散らかっているけれど、風呂場はきれいに掃除されている。トイレもきれいだ。鷹介はもともとだらしないわけではなく、忙しさのあまり物が所定の位置を失ってしまっただけなのかもしれない。

浴槽は檜《ひのき》なのだろう、温泉にでも来たようなリラックス感が全身を包む。

「据え膳いっぱいあんなら、結婚すりゃいいのに」

嫁しかこの家に入れないと言うなら、早く嫁を探せばいいのだ。

——可愛くて優しくて料理上手で……。

へのへのもへじの女性と鷹介が、居間の卓袱台を挟むところを想像してみた。

美味しい？　美味しいよ。私のこと好き？　好きに決まってるだろ。

——それからふたりは……。

鷹介がへのへのもへじを抱き寄せたところで、風呂場の扉ががらりと開いた。

「入るぞ」

「え？　うわっ」

湯気の向こうに、全裸の鷹介が立っていた。辛うじて前はタオルで隠しているけれど、ギリギリすぎて口から心臓が飛び出しそうになる。

「ちょっ、ちょっと、何のつもりですかっ」

「新妻と仲良く風呂に入るつもり？」

「冗談はやめてください」

「俺はいつだって真剣だ」

「余計悪いです」

「照れんなよ」

「照れてません。嫌がってるんです」

「嫌よ嫌よもなんちゃらら」

鷹介は、浴槽と同じ檜造りのスツールにどすんと腰を下ろすと、シャワーを出しっ放しにしてガシガシ頭を洗い始めた。泡を飛び散らせながら鼻歌など歌っている。

埒《らち》があかない。

どうせ背中でも流させるつもりなのだろう。直は諦めて鷹介の洗髪が終わるのを待った。

鷹介の動きに合わせて腕や胸の筋肉が躍る。連動するように蠢く腹筋は、きれいに六つに割れていた。憧れのシックスパックだ。しなやかに割れた腹筋の上を、シャンプーの泡が流れ落ちていく。その先の叢《くさむら》から、直は思わず目を逸らした。

昨日今日と、不覚にもその背中に負ぶわれ、鷹介が着やせするタイプだということはわかっていた。けれどその肉体の仕上がりは想像以上で、シックスパックはおろか力こぶすらまともにできない直の未成熟な身体とは、同じ男に分類することすら憚《はばか》られる気がした。

多分どんなに鍛えても自分は一生こんな身体にはなれない。そもそも骨格が違うのだから。

神さまはずるい。目の前の完璧な肉体にちょっとばかり嫉妬した。

「タオルくれ」

半ばうっとりと見惚れていた直は、慌てて傍らのタオルを鷹介に手渡した。

「サンキュ」

鷹介は洗うのと同じ勢いでガシガシ髪を拭《ふ》くと、さっぱりした声で言った。

「直、身体洗ってやるから、座れ」

「えっ、いっ、いいですそんな」

てっきり自分が鷹介の背中を流すのだと思っていた直は、突然の申し出に動揺する。

「え、遠慮し――」

「いいから上がれ、ほら」

強引に腕を引かれ、直はザバンと立ち上がった。

「ちょ、待っ、わっ」

前を隠す暇も与えられず、抱き上げられるように浴槽から引っ張り出された。鷹介は戸惑う直をスツールに座らせると、あっという間にその背中を泡だらけにした。

誰かに背中を洗ってもらうなんて、いつ以来だろう。幸とは最近も一緒に入浴することはあったが、背中を洗ったり洗ってもらったりしたのは、多分小学生の頃までだ。

「なんか……すみません」

「なんで謝るんだ」

「だって……」

家政婦か下僕かは置いておいて、口止め料を労働で支払う身なのに。

「俺はな、嫁をもらったらこれでもかと可愛がって、呆れられるくらいべったべたに甘やかすと決めていたんだ」

嫁設定がよほど気に入ったらしく、鷹介はさも楽しげに、肉の薄い直の背中にスポンジでくるくると円を描いた。

——気持ちいい……かも。

部屋の片付けとよもやの迷子で、思ったより疲労していたらしい。

直は目を瞑《つぶ》り、俄夫の手に身を任せた。

「口止め料代わりに働けって言ったくせに」

「口止め料代わりの嫁だ」

「わけわかんない。ぜんぜん意味わかんない」

「いいから黙って洗われてろ」

べったべたに甘やかすと言ったくせに、鷹介は「うるせぇガキだな」と舌打ちした。

こんなに口の悪い男は初めてだ。バカだのガキだの、言いたい放題で。

けれど不思議なほど嫌な気はしない。

泡だらけのスポンジが、男にしては明らかにボリューム不足な、肩、背中、二の腕にかけて、ゆっくりとなぞる。

「気持ちいいか」

「……はい」

強すぎず弱すぎず、ほどよい力加減だ。もしかすると今日一日片付けに精を出した直を、マッサージで労ってくれているのかもしれない。

だとするとこれは「べったべた」の一環だろうか。

いやいやそうじゃない。

氏子たちにあんなに慕われているのだ。基本サービス精神が旺盛なのだ。

——でも……。

ぴちゃん、とまた一滴、水滴が落ちる。その音がやけに耳に響いて、直は湯気に紛れてひっそりと忍び込んできた夜の静けさに気づく。

鷹介がスポンジを床に置いた。肩から胸に向かって、手のひらがするんと下りてくる。

びくんと身体が竦んだ。

「どうした」

「……いえ」

「お客さん、だいぶ凝ってますすね。腐れ神主にこき使われているんじゃないんですか？」

耳元で鷹介がクスリと笑う。意識しすぎてまた「ガキ」と言われそうだから、「ホント、神さまに言いつけたいくらいです」と軽く返した。

肩口から鎖骨を掠《かす》めて胸まで、手のひらがゆっくりと行き来する。長い指の先端が、胸の小さな突起に迫るたび、直はいちいち身体を強ばらせた。

「どうした」

尋ねる声が、しっとりと湿っている。

「別に……」

答える直の声は、ひどく掠れていた。

直の緊張に気づいているのかいないのか、両手の指先は突起には触れず、ぎりぎりで引き返していく。ホッとするようなじれったいような、未知の感覚だった。

一度離れた手のひらが、今度は直の腰を左右から挟む。

「アッ……」

「細っせぇ腰だな」

「そこはっ、凝ってないです、あっ、やっ……」

男子にあるまじき腰のくびれをなぞるように泡で擦《こす》られ、声が裏返った。

「変な声出すなよ」

「お、鷹介さんが、さ、触るから」

「触ってんじゃねえ。洗ってんだ」

どう違うのかわからない。

「あっ……ダ、メッ……」

訴えても、鷹介はその手の動きを止めない。

腰と同じくらい肉の薄い下腹を両側からぬるぬるとなぞられ、直は思わず息を詰めた。

――ダメだって……ば。

これ以上されたらマズイことになる。本能の警鐘が聞こえた。

ここから先は、物心ついてから家族にさえ触られたことのない場所だ。

――どうしよう。

あろうことかそこに血が集まり始めている。冷静になろうとしても、一度そうなると容易には止まらない。今はまだ閉じた太腿の間に収まっているけれど、これ以上勃《た》ち上がってしまったら、鷹介に気づかれてしまう。

「や、め……」

蚊の鳴くような訴えは、鷹介の耳まで届かないらしい。

吐息を感じるほど、すぐ真後ろにいるのに。

手のひらの動きが、心なしかねっとりと湿度を帯びてきたように感じる。下腹の肌を擽《くすぐ》られ、背中をぞくぞくと何かが駆け上がってくる。

――ヤバイ……かも。

緩く閉じた太腿の隙間に手の先が入り込もうとしたところで、耐えられなくなった。

「お、おれ、上がりますっ！」

バスタブの縁に掛けられていたタオルを引ったくり、半分勃ち上がったものを隠すと、直は後も見ずに浴室のドアを開けた。

「待てよ」

「もっ、もう、上がりたい。誰が何と言っても上がる」

上擦った声で訴えると、背中から「あのなあ」と呆れた声がした。

「上がるなとは言わないけど、泡落としてからにしろ」

そう言って鷹介は、シャワーで全身の泡をきれいに洗い流してくれた。

身体を覆っていた泡が消えるや、直は浴室を飛び出し脱兎のごとく部屋に逃げ帰った。廊下で二度ほど転びそうになり、ろくに水滴を拭いていなかったことに気づく。それほど動揺していた。

——大丈夫。大丈夫。全然平気。

何が大丈夫なのか平気なのかわからないけれど、とりあえず呪文のように繰り返した。

バクバクバクバクと、鼓動が激しく鼓膜を叩く。

身体中に、鷹介の手の感覚が残っている。

直は大急ぎで布団に潜り込むと、ぎゅうっと目を瞑った。

ここが神社などでなく、あるいはこんなに古くてだだっ広い家屋でなかったら、迷わず別の部屋に布団を運んだだろう。けれどこの家での独り寝は、直には無理だ。今さらながら自分のビビリっぷりが情けなかった。

——寝たふりだ。それしかない。

ようやく収まりかけてきた股間の熱を両手で覆うように押さえつけ、直は羊を数えた。夢の世界へ行ける気がしないまま羊が千匹に近づいた時、扉が開いて鷹介が入ってきた。

「直」

「…………」

渾身の寝たふりで凌《しの》ぐしかない。直は布団の中で息を殺した。

「なんだ寝ちまったのか。つまらん」

つまらなくて結構。昨日と同じ声で「おやすみなさい」を言える自信はない。

「せっかくの初夜なのに」

いつまでそのネタを引っ張るつもりなのだろう。バッカじゃねえのと心の中で罵《ののし》ってはみたものの、「初夜」という響きに、落ち着きかけていた鼓動がまたドクンと跳ねた。

「仕方ない。俺も寝るかな」

部屋の灯りが消される。勝手にどうぞ。そう思った瞬間だった。

「っ！」

直は声にならない悲鳴を上げた。鷹介がもぞもぞと布団に入ってきて、直の背中にぴったりとその身体を密着させたのだ。

「初夜にひとりで寝るなんて、寂しすぎるからな」

楽しそうに呟きながら、直の髪の匂いをすんと嗅《か》ぎ、吐息混じりに「いい匂い」と囁いた。

いくら熟睡していても、いきなり誰かが布団に入ってきたら普通は気づく。振り返って「目が覚めちゃったじゃないですか」と文句のひとつも言った方が自然かもしれない。

けれど布団に入ってくるところをみると、まさか本気の嫁設定なのだろうか。

——目を覚ましたら、何かされるのかな。

今さっき浴室で見た、完璧な体軀《たいく》が脳裏に浮かんだ。鼓動が乱れる。

——ダメだ。

こんなに密着していたら、ドキドキに気づかれてしまう。

「あの」

「…………」

「鷹介さん」

返事がない。代わりに聞こえてきたのはすーすーという穏やかな寝息だった。

——いきなり、寝た？

しかも抱きついたままだ。昨夜といい、どうやら鷹介は唐突に眠りに落ちるタイプらしい。

規則的な寝息が首筋にかかるたび、ざわざわと落ち着きのない気分になる。

一度散ったはずの熱がまた、そこへと一気に集まってくる。

——どうしよう。

さっきとは比べものにならないほど強い欲望だった。

どんなにきつく目を閉じても、鷹介の裸体が頭を離れない。蠢くしなやかな筋肉、割れた腹筋を流れ落ちる泡、ちらりと一瞬見えてしまった下生え——。

我知らず、ゴクリと喉が鳴った。

このまま眠ることはとてもできそうにない。直は背中にへばりついた鷹介からそーっと身体を剝がすと、掛け布団を動かさないよう慎重に床から這いだした。

幸い鷹介はすでに熟睡モードに入っているようでぴくりとも動かない。直は足音を忍ばせ布団の足元へ移動した。足元なら万が一鷹介が目を覚ましてもすぐには視界に入らない。

そこはすでにパジャマ代わりのスエットパンツを押し上げている。

どうにもならないくらい切羽詰まっていた。

直にとって自慰は処理だ。溜まるから排出するだけ。単なる作業だからいつもできるだけさっさと済ませることにしている。自分の意志とは別のところで、こんなふうに身体がコントロール不能に陥ったのは、生まれて初めてだった。

直は膝立ちになり、スエットパンツとボクサーショーツを太腿の半ばまで引き下げた。剝き出しになった尻や下腹が、十一月の夜の冷えた空気を感じた。

鷹介に気づかれたら大変だ。

いつものように手早く済ませてしまおうと、右手で分身を握った。

「……んっ」

そこに触れるのは久しぶりだった。幸の引っ越しが決まってからというもの、なんだか落ち着かなくてする気になれなかった。

先端はすでに透明な体液で湿っていた。他人のことはわからないが、直のそこはわりと早い段階で濡《ぬ》れてくる。感じるにつれてどんどん溢れてくるから、もしかすると濡れやすいのかもしれない。

いつもと同じ触り方なのに、今夜はなぜかひどく興奮した。あっという間に腹に付きそうなほどに育ったそこは、鈴口をひくひくさせて射精が近いことを教えていた。

「んっ……」

抑えても声が出てしまう。直は左手の袖口を噛んだ。

──鷹介さん……。

心の中でその名を呼んだのは無意識だった。

──鷹介さん……鷹介さん、イきそっ……。

手の動きを速める。頂《いただき》がすぐそこまで近づいてきた、その時だった。

「困った嫁だな」

背後で声がして、咄嗟に直は声もなく蹲った。

「そんなとこで何やってんだ」

鷹介が布団から這い出す気配がした。

——あぁ……最悪。

部屋の灯りが点く。直は前のめりに蹲ったまま絶望した。

「おいこら」

「………」

「新妻が丸出しの尻をこっちに向けてるってことは、そういう解釈でいいんだな」

直はハッと後を振り返った。すぐ後で胡座をかいている鷹介と目が合う。

下半身剝き出しで何をしていたのか、説明の必要もなかった。

ぶわーっと全身から汗が噴き出した。

「こ、これは、その」

「お前、ほんと性悪にもほどがあるぞ」

「これは、違くて——」

「せっかくの初夜なのに、狸寝入りなんか決め込んでるから、てっきり心の準備とかいうやつが整ってないんだと思って見逃してやったのに、こっちが眠った途端に起き出してオナるって、一体どういう了見だ」

頰も耳も首筋も、燃えるように熱い。遅ればせながらスエットパンツを引き上げようとすると、「こっちに来い」とその手を引き寄せられた。

「わっ」

直はバランスを崩し、鷹介の胡座の上にぺたんと尻もちをついた。

「何想像してやってたんだ、直」

ぎゅーっと抱き締められ、またぞろ体温が上がる。

「素直に言え」

「言わ、ないっ……あっ」

スエットの裾を捲り上げられ、恥ずかしい下半身が露《あら》わになった。

言い訳のできない状態になったそこに、鷹介の視線が注がれる。

鷹介は片手で直を拘束しながら、もう一方の手を太腿の間に差し入れ脚を開かせた。

「あ、や、やめろっ」

「なら自分で続きをするか？」

「……え」

「見ててやるから、してみろよ」

手首を掴まれ、「ほら」と猛《たけ》った自身に導かれた。

鷹介の腕に抱かれたまま自慰をするなんて拷問でしかない。恥ずかしさで死ねる。

「………」

「できないんだろ。じゃあこのまま寝るか？」

それも無理。直はふるふると首を横に振った。

「まったく面倒くさい嫁だな。布団汚すのか、恥ずかしいの我慢して俺に任せるのか、どっちにするのか選べ。三秒以内だ。いーち、にー」

「し、してくださいっ」

もう破れかぶれだった。どちらを選んだところで結局恥ずかしいのだから。

羞恥の嵐に錐揉《きりも》みされる直をぎゅうっと抱きしめ、鷹介は鼓膜を擽るような色っぽい声で
「最初から素直にそう言え」と笑った。

大人の余裕をこれでもかと見せつけられた気がする。悔しくて憎らしいのに、一方ではその大きな手のひらが与えてくれるものを待ち望んでいる自分がいる。そして多分そんな心の裏側も、鷹介はお見通しなのだろう。

分厚い胸に背中を預け、言われるままに脚を大きく開いた。長袖のスエットを首まで捲り上げられ、薄い胸板や透けるほど白い腹も、すべてが鷹介の前に晒された。

鷹介は無言で直の素肌に指先を這わせる。

触れるか触れないかの微妙な触れ方がかえって卑猥だ。肌がざーっと粟立った。

長い指先が、擽るように太腿の内側を撫で上げる。

膝の裏側からゆっくりと線を描き、脚の付け根で止まった。

――触ってもらえる。

期待感が膨らんだ。

ところが指先は、早く触れて欲しいと涙を零す中心の、ほんの根元を掠めただけで、また太腿へ戻っていってしまった。じれったさに、腰の奥がじんじんと疼いた。

もう一度指先が近づいてくる。今度こそと息を詰めていたのに、意地悪な指先はまた根元で止まり、ふたつ並んだ袋を弄《もてあそ》ぶように擽り出した。

「そこじゃ、ない」

「ん？」

触ってと素直に言えない。うずうずと腰が揺れた。

「なんだ、嫌だ嫌だ言ってたくせに、腰振って」

「意地……悪っ」

「意地悪？　こんなに可愛がってるのに？」

してやると言ったくせに、先走りで濡れそぼったそこには触れてくれない。

意地悪でなくて何なのだ。

「扱《しご》いたらすぐにイッちまうだろ」

「すぐイきたい」

「それじゃつまんない」

「つまんなくていい。早く出したいっ」

あまりの余裕のなさに、とうとうリアルな欲望を口にしてしまった。

鷹介はぷっと吹き出し、「わがままなガキだな」と囁いた。

わかったよというため息と同時に、直の中心は滴《しずく》ごと鷹介の手のひらに包まれた。

自分でする時のようにただごしごしと扱くのを想像していたが、鷹介のやり方はまるで違った。やわやわと握り込むようにしながら、ゆっくりと上下に移動する。そうかと思うとおもむろに裏側の筋を刺激するものだから、こらえきれず声が漏れた。

「んっ……」

「ここ、いいだろ」

こくんと素直に頷いた。

「こっちは？」

背後から直の顔を覗き込みながら、鷹介は先端の敏感な割れ目を指の腹でなぞった。

「あっ、やっ」

強い刺激にびくんと身体が跳ねた。直の反応に、鷹介は指に込める力を強めた。

「やめっ……あっ」

薄いピンク色をした鈴口から、またひと筋体液が糸を引く。ぬるぬるとまるでこじ開けるみたいに指で擦られ、呼吸が乱れた。

くちゅくちゅという水音が羞恥を煽《あお》る。急速に射精感が高まる。

「とろとろがいっぱい出てくる」

まるで鷹介まで感じているような、甘ったるい声だった。

「あ……ぁぁ……」

「可愛いよ、直」

「お……すけ、さっ」

もうイきそうと、短い台詞も紡げないくらい、高まりは急速だった。

鷹介の太腿に爪を立て、全身を突っ張らせながら直はびくびくと達した。

「あ、やっ……アァッ！」

どこかに落ちていくような、飛ばされていくような、これまで感じたことのない強い快感が身体の真ん中を貫いていく。

「……っ」

激しい吐精が終わると、入れ違いに猛烈な脱力感が襲ってきた。ぐったりとした直の腹から胸まで点々と飛んだ白濁を、鷹介は無言のままティッシュで拭《ぬぐ》ってくれた。

鷹介に触れられてから射精するまでものの数分だった気がする。どうせ我慢が足りないとか早いなとか、からかわれるのだろうと覚悟していたのに、意外にも鷹介は何も言わなかった。ただ黙って直の弛緩《しかん》した身体をその腕にぎゅっと抱いていた。

たった今劣情を煽った手のひらが、愛しそうに髪を撫でる。

蕩《とろ》けそうに優しいその感触に、もう目を開けていることができない。

「……鷹介さん」

「ん」

「……気持ちよかった」

「そっか」

「……眠い」

耳元で鷹介が小さく笑う。

「俺の嫁は、生意気でわがままなツンデレお姫さま……か」

優しい囁きが脳に届く前に、直は意識を手放していた。


「直《なお》！　直ってば！」

キャンパスを出て数分。

地下鉄駅へ向かう道の途中、背後からバタバタと元気な足音が近づいてきた。

「待ってよ、なーおーっ！」

行き交う人たちが一斉に振り返るような呼び声に、直は仕方なく足を止めた。

息を切らし、みな美《み》が「わっ」と背中に飛びついてくる。

「ちょっとなんで無視すんのよ」

「そんなでかい声で呼ばなくても聞こえてるっつーの。恥ずかしいだろ」

「私は恥ずかしくないもん」

幼稚園、小学校と、同じ会話を何度交わしてきただろう。この頃はいちいち文句を言うのも面倒になってきた。

「直、今日って五限あったんじゃなかった？」

「それがまさかの休講。そっちは？」

「私はもともと四限で終わり。でもって今日はラクロスも休み。ね、一緒に帰ろ」

「あぁ……ごめん。ちょっと寄るところあって」

諸々あって現在、坂《さか》の上《うえ》神社で住み込みの家政婦を——もとい、嫁をやらされているなんて口が裂けても言えない。みな美は「なんだ、そっか」と残念そうに肩を竦《すく》めた。

「なんか用だった？」

「うん……大したことじゃないんだけど」

みな美は少し言い淀んだ後「一昨日《おととい》、ごめん」と呟《つぶや》いた。

「一昨日？」

「幸《こう》さんもう帰ってこないとか、新しい出会い探せとか、余計なこと言っちゃったかなって」

電話のことを、みな美は気にしていたらしい。

「余計なことじゃないよ。おれもみな美の言う通りだと思うから」

あの夜、鷹介《おうすけ》は「刷り込み」だと言った。そういうのを恋とは呼ばないのだと。目からウロコとはああいうことを言うのだろう。ウロコの向こうにぼんやり見えていたものを、ただ認めたくなかっただけのことだ。そうさせていたのは、心の片隅でずっと膝《ひざ》を抱えている頑是《がんぜ》ない幼子。尻に殻を付けたままのヒヨコだ。

不意に、昨夜の記憶が蘇《よみがえ》る。

人の手でイかされるという、ヒヨコにとってはかなり衝撃的な事態に脳がショートしたのか、直はそのまま朝まで熟睡してしまった。いつものように早朝から行動を開始していた鷹介に叩《たた》き起こされ、なんとか一限目の講義に滑り込んだ。

会話はおろかろくに顔も見ずに飛び出してきたのは、遅刻ギリギリだったせいばかりではない。あんなことをされた後、どんな顔で「おはようございます」と言えばいいのかわからなかった。

雰囲気に流されて「早く出したい」とか、すごいことを言ってしまった気がする。自分の痴態を思い出すと、わあああと叫んで頭を抱えたくなる。

「直、どうかした？　顔赤いよ」

「え、あ……大丈夫」

「風邪じゃないの？」

「平気だって。いろいろ心配かけてごめん。ホントもう平気だから」

「それならいいんだけど」

「みな美こそどうなんだよ」

「私？」

「おれの心配ばっかして、自分はどうなんだよ。彼氏とか」

バイトだラクロスだと傍目《はため》にも充実した毎日を送っているみな美だが、最近とんと浮いた話を聞かない。少なくともここ二、三年はフリーのはずだ。

「実はね」

珍しくみな美が言い淀んだ。

「聞きたい？」

「別に」

「なによ、そっちから話題振ったくせに」

「できたのか、彼氏」

「どっちだと思う？」

「さあ」

つれない返事にみな美がぷーっと膨れた。でも本当はずっと思っていた。みな美には幸せになって欲しいと。同い年なのに姉御肌で、ちょっと口うるさくてお節介だけど、直にとっては家族のような存在だ。姉がいたらこんな感じなのかなあと時々思ったりもする。直、あたし彼氏できたんだ。そう打ち明けられたら、滅多に見せないとびきりの笑顔で「おめでとう」と言ってやるつもりだ。

もしかして今がその時なのだろうか。ちょっと緊張する。

照れ隠しに足を速めると、みな美は「ちょっとぉ！」と小走りに追いついてきた。

「さあって酷《ひど》くない？　さあって」

「もったいつけないで早く言えよ。できたのか、できてないのか」

「あーもう、これだから男子は」

みな美が口を尖《とが》らせた時だ。「綾瀬《あやせ》」と背後から呼ばれた。

振り返ると、同じクラスの近藤《こんどう》と長谷川《はせがわ》がにこにこと手を振って近づいてきた。

「ちょっといいか。大事な話があるんだ」

長谷川がちらりと隣のみな美に視線をやった。何かを察したのだろう、みな美は「私、行くね」と直の傍《そば》を離れた。

「おい、みな美」

話の途中だったのに、みな美は「じゃね」と手を振り、駅の方へ走り去ってしまった。

――なんだよ……。

大らかすぎるくらい大らかなのに、変なところで気を遣う。遠ざかっていく幼なじみの背中を見送りながら、直は小さく唇を噛《か》んだ。

「あのさ、今週の金曜、綾瀬なんか予定ある？」

みな美の姿が見えなくなるのを待っていたように、近藤が尋ねた。

「金曜？」

特に予定はないが、不本意ながら神社に軟禁中の身だ。

「実は合コンのメンツがひとり足りなくて。綾瀬、来てくれると嬉しいんだけど」

近藤と長谷川は合コン好きだ。ぷにぷにあにゃるんを当ててしまったあのパーティーを企画したグループのメンバーだ。

「おれ、合コンとかはちょっと」

「金曜がダメなら、向こうに頼んで土曜にしてもらうよ。土曜でもOKって言ってたから」

「いや、曜日の問題じゃなく……」

乗り気でないことが伝わったのか、近藤は長谷川と頷《うなず》き合いながら頭を掻《か》いた。

「実は綾瀬が来るって、もうあっちに言っちゃったんだ」

「えっ」

「綾瀬が参加してくれると、女の子の集まりが違うんだ。つまんなかったら一次会で帰っていいから。なあ頼むよ。わかるだろ」

いやわからない。全然わからない。

大事な話だというから足を止めたのに。そんなことのためにみな美を追い払ったのかと思ったら腹が立ってきた。

「悪いんだけどおれ、付き合ってる人いるから」

口を突いた嘘に直自身がびっくりしたが、取り消す気にはならなかった。

この誘いを断っても、きっとまた次の話を持ってくるだろう。そのたびにいちいち同じ会話を繰り返すのは億劫《おっくう》だしふたりにも申し訳ない。時には嘘も方便。お互いのためだ。

「え、綾瀬ってやっぱ川原《かわはら》さんと付き合ってたの？　幼なじみって聞いてたけど」

「みな美じゃないよ」

「でも綾瀬といつも一緒にいる女子って、川原さんだけだよな」

「この大学の人じゃないんだ」

「どこの大学？　てか学生？　もしかして社会人？」

ふたりが興味津々に尋ねてくる。

「どんなって……」

不意に、鷹介の顔が浮かんだ。

――だからなんであの人の顔が……。

直は慌てて憎たらしいその顔をかき消した。

「な、どこで知り合ったの？　綾瀬って自分からは行かないタイプだもんな。やっぱあっちから迫られたのか？」

「いいなあ、イケメンは。な、年上？　年下？」

かぶりつかんばかりのふたりに、肺中の空気を吐き出すくらい大きなため息が零《こぼ》れた。

「それ、答えないといけないのかな」

無表情で言い放つと、ふたりは「めっそうもない」と顔の前で両手を振ってみせた。

「そういうわけだからおれ、これからも合コンには行けない。ごめん」

「いや、こっちこそ事情知らなくてごめん」

彼女さんの友達とか今度紹介してくれよと言い残し、ふたりは去っていった。

直はもう一度、深いため息をついた。

もしも自分がゲイでなかったら、血の繋《つな》がらない兄に説明のつかない感情を抱いていなかったら、ふたりに誘われるまま合コンに参加していたのだろうか。

生まれ持った性指向に気づいた時から、友達と気軽に恋愛の話はできないだろうと覚悟していた。それでもこうして時折襲ってくる虚《むな》しさや疎外感に、これからもずっと耐えていかなくてはならないのかと思うと、気分が底なしに沈んでいった。

鷹介はどうなのだろう。

『いや、あいつの場合、男も女も……』

集《しゅう》は言葉を濁したが、その先を推測するに鷹介はおそらく両刀、つまり男も女もいける口なのだろう。

外では女とヤッているくせに、昨夜《ゆうべ》は自分にあんな淫《みだ》らなことを……。

――ダメだ。

往来で思い出すのは危険すぎる。もやもやを頭から追い出そうともがいていると、ガードレールの外側に停車していた車の窓がスーッと下りた。

「ヘイ、そこの可愛いお兄さん、乗っていかない？」

左ハンドルらしく、ちらりと覗《のぞ》き見た運転席に若い男が見えた。あまりに陳腐な誘いに、直は振り向きもせず歩き出した。

「ちょっと待ってよ」

こういう時は無視が一番だと、直は歩調を速めたのだが。

「待ってよ、あにゃる～ん」

「あっ……」

聞き捨てならない呼び方に、直は慌てて運転席を凝視した。

――そういえばこの車……。

見覚えありありの車体だ。腰を屈《かが》め、開いた窓から車内を覗き込むと、そこには案の定の人物が「やあ」と手を振っていた。

「加賀谷《かがや》さん」

「こんなところで会うなんて、運命感じるなあ」

「どうしたんですか。まさか配達ですか?」

「だから運命の糸に引き寄せられて」

「引いていません」

冷たく言い放つと集は「つれないなあ」と、茶目っ気たっぷりの笑顔で助手席のドアを開けてくれた。

「たまたまこっち方面に用事があってね。そういえば直くんM大だって言ってたなーと思ってちょこっと遠回りしてみたら、なんということでしょう、キャンパスから直くんが出てくるじゃあーりませんか。お兄さん今週の運、全部使い果たした気分でしたよ」

「そうだったんですか」

「今から鷹介んとこ? 送るから乗って」

「ありがとうございます。でもスーパーに寄るんで」

「晩ご飯の買い出し? だったらなおさら乗りなよ。どうせあいつん家《ち》の冷蔵庫空っぽだろ」

「ええ……でも」

「荷物抱えてあの坂と階段、上れる?」

確かにかなりキツそうだ。直は集の好意に甘えることにした。

集がアクセルを踏み込むと、一昨日と同じ重低音が身体《からだ》に響いた。

「エンジン、結構響くだろ」

「すごいですね」

「みんな最初は驚くんだ」

集は、直がこの助手席に座るのが二度目だということを知らないようだった。鷹介は一昨日夜の一件を、集に話していないのだ。

「いつもこの車で配達するんですか」

「件数が少ない時はね。ステーションワゴンだから思ったより積めるんだ。そのままデートにも直行できるし」

「なるほど」

「オシャレなカフェとかレストランなんかだと、この車で行くと結構喜ばれるよ。どの料理にどの酒が合うかとか、話も弾むし。高級外車で配達に来る超イケメンの酒屋さんってタグのおかげで、結構な数のお得意さん摑《つか》んだんだよ」

確かにかなりのイケメンには違いないが、臆面もなく言い切ることができるその自信と度胸を、半分でいいから分けて欲しい。ただ集の考え方には一理ある。ちゃらちゃらしているようで、実は経営について自分の信念をしっかり持っているのかもしれない。

「今、ちょっとだけ俺のこと尊敬しただろ」

見透かされて直は苦笑する。

「ええ。ちょっと」

「人はね、見かけによらないんだ。軽い男と思わせておいて実はキレ者の敏腕経営者。このギャップが〝きゅん〟なんだ。ギャップ萌えっていうの？」

聖人君子の顔をした宮司《ぐうじ》が実は超傲慢なオレサマでしかも汚部屋の住人——なんていうのも相当なギャップだけれど、きゅんともしないし間違っても萌えない。

「きゅんとしただろ？　あにゃるんも」

「しません。ていうかその呼び方、いい加減やめてもらえませんか」

「あにゃるん？　どうして。可愛いのに」

横目でじろりと睨《にら》みつけると、集は「わかった、わかった」と肩を竦めた。

「でも直くん、なんでアレを持ち歩いてたの」

「持ち歩いてなんかいません。ビンゴゲームの景品だったんです」

すぐに捨てるつもりだったのに。

「うっかり躊躇《ためら》ったばっかりに、地獄の大魔王に脅されて拉致られて軟禁されて、住み込みで汚部屋の掃除をさせられてます」

やけくそ気味に言うと、集はハンドルを叩いて大笑いした。

「神主の裏の顔は地獄の大魔王！」

「最悪です」

「でも逃げ出さないんだ」

「……え」

「直くん子供じゃないんだし、本気で逃げようと思えば逃げられるよね」

直は返事に詰まった。

本当だ。なぜ自分は逃げないのだろう。

口止め料というのは、多分後付けの理由だ。鷹介は、幸のことで気持ちがぐちゃぐちゃになって家に帰りたがらない直を慮《おもんぱか》り、緊急避難の場所を与えてくれたのだろう。可哀想な捨て猫みたいに見えたのかもしれない。

実際あの夜は、世界中から背を向けられたような孤独感に押し潰《つぶ》されそうになっていた。鷹介が迎えにきてくれなかったら、あのまま公園のトイレの裏で凍死していたかもしれない。汚部屋の掃除をさせられたり、真っ暗なけものみちを走らされたりするけれど、そんなことは大した問題ではない。問題は昨夜、地獄の大魔王がエロ大魔王に変身したことだ。

思い出すだけで心臓が躍り出す。

あんなに恥ずかしい思いをしたのだから、このまま逃げればいいのだ。なのに自分はまた鷹介の元へ戻ろうとしている。しかも「して」と頼んだのは直自身なわけで。

——まさか嫁の自覚が芽生えてきたとか……。

いやいや冗談じゃない。直はふるふると首を振った。

真面目《まじめ》ぶるわけではないけれど、まずは好きだと気持ちを伝えて、デートを重ね、手を繋いでキスをして……嫁なんてフレーズは、そのずっと先にあるものだと思っている。

昨夜のあれは、単なる不幸な事故だ。

「加賀谷さんの言う通りです。帰ったらすぐに荷物まとめて——」

「おいおい、俺が唆《そそのか》したみたいじゃないか。直くんが嫌じゃないなら問題ないだろ」

「嫌です。嫌に決まってます。なんでおれが汚部屋掃除とか」

「でもだいぶきれいになってたよね」

「まだ半分です。あと台所もひどいし。あそこまで放置できるのはもはや才能ですね」

眉を顰《ひそ》める直に、集は「だよなあ」と同意した。

「家ん中ジャングルにしてまで、全力投球で神主やんなくてもいいのに」

人差し指で軽くウインカーを上げながら、集がぽつんと言った。

「まあ、昔っから意地っ張りだからな、あいつは」

「意地、ですか」

「うん。半分意地だね、あれは」

ひとり暮らしで独身の鷹介が、誰に意地を張っているのだろう。直は首を傾《かし》げる。

「直くん、久島製薬《くしませいやく》って知ってる？」

「ええ、もちろん」

国内有数の大手製薬会社だ。テレビなどで頻繁にＣＭが流れているから、小さな子供でも社名くらいは知っている。

「鷹介の父親は、久島製薬の社長なんだ」

「社長？」

直は思わず身を乗り出して集の横顔を覗き込んだ。

「それじゃ鷹介さんは」

「久島製薬の御曹司。本来なら次期社長だ」

余計なことをしゃべると怒られるから、俺から聞いたことは黙っていてね。そう言って集は唇に人差し指を当てた。

久島製薬は鷹介の父方の祖父が立ち上げ、一代で日本を代表する製薬会社にまで成長させた。初代の跡を継いだのが長男で現社長の泰三《たいぞう》、つまり鷹介の父親だった。本来なら父親の右腕として経営を支えているはずの鷹介が、なぜ製薬会社とは無縁の神社で宮司をしているのか。そしてなぜ子供の頃、この神社で暮らしていたのか。

直の頭は混乱する。

「じゃあ坂の上神社は、鷹介さんの母方の？」

「そう。九年前に亡くなった先代の宮司は、鷹介の母方のお祖父ちゃんだ」

坂上《さかがみ》は、鷹介の母方の苗字だという。

「鷹介も俺もずいぶん可愛がってもらったなあ。ふたりとも相当悪ガキだったから、狛犬《こまいぬ》に落書きしたり境内《けいだい》で立ちションしたりして、めちゃくちゃ怒られたけど」

悪ガキ時代の鷹介と集を思い浮かべたら、ちょっと可笑《おか》しくなった。

「鷹介のお母さんは、久島社長と婚姻届を出さないまま亡くなったんだ。鷹介が中一ん時に、病気でね」

「そうだったんですか」

「それで久島社長に引き取られることになったんだ。ある日いきなり『俺、今日から苗字が久島になった。引っ越す』って言われて、は、何それって」

「どうして籍を入れなかったんでしょう」

「さあ。どうしてだろうねえ」

泰三が鷹介の存在を認識していたのかどうかは、集にもわからないという。ただ少なくとも鷹介の方は父親の存在を知らされていなかった。母親の死の悲しみも冷めやらないうちに、いないと聞かされていた父親が現れたのだからいろいろな意味でショックだったに違いない。

集は小さく眉根を寄せた。

「四十九日も済まないうちに、やれ認知だ跡取りだって、もうバタバタと」

鷹介は生まれ育った坂の上神社を離れたくないと抵抗したが、十三歳の少年にできることは限られている。結局周囲の大人たちに説得され、久島家に引き取られていったという。

「でも結局戻ってきたんですよね、鷹介さん」

「うん。先代が亡くなった時、鷹介のやつ『俺の実家は坂の上神社だ。あそこは俺が守る』って言って、久島の家を飛び出してきちゃったんだ」

国立大学に在籍していた鷹介は、卒業間近だったにもかかわらず勝手に退学の手続きをし、坂の上神社に戻ってしまった。激怒した泰三はあの手この手で説得しようとしたが、鷹介は頑として首を縦に振らなかった。

「意地っていうのは、お父さんに対する反発なんでしょうか」

「反発というよりは、半端な気持ちで宮司をやってるんじゃないぞってとこ、見せつけてやりたいんじゃないかな。なんだかんだ言っても久島社長はあいつのたったひとりの肉親だから。どこかで認めて欲しいと思っているのかもしれない」

血こそ繋がっていないが、直は父に可愛がられた記憶しかない。

鷹介の抱える懊悩《おうのう》を、想像するだけで苦しくなった。

「あいつにとってあの神社は、自分を育《はぐく》んでくれた大切な場所でもあり、母親とお祖父ちゃんと暮らした思い出の場所でもある。自分が守らなくて誰が守るんだっていう思いが強いんだろう。若いのに立派な宮司さんねと氏子たちから賞されることと引き替えに、母屋《おもや》はあの惨状ってわけだ」

未婚のまま子供を産み、ひとりで育てると決めた母。決意の裏の懊悩を、幼い鷹介は敏感に感じ取っていたのかもしれない。坂の上神社は鷹介にとってたくさんの思い出が詰まったかけがえのない場所なのだ。

けれどそこには母親も祖父も、もういない。

あるのは幸せだった少年時代の思い出と、缶ビールとカップ麺。

「寂しい時とか……ないのかな」

ぽろりと零れた呟きに、集は「さあ」と肩を竦めた。

「どんな環境で生きていても、寂しい時はあるさ。寂しい寂しいと周りに訴えるか訴えないかの違いだけで」

寂しいなんて台詞《せりふ》、鷹介は天地がひっくり返っても口にしないだろう。

そう思ったら余計に胸が苦しくなった。

坂の上神社の駐車場は、境内に続く階段の上り口を五十メートルほど森の方へ進んだ先にある。拝殿や本殿を挟んで母屋とは反対側に位置し、自力で階段を上ることができないお年寄りや身体の不自由な参拝者のため、境内とほぼ同じ高さになっている。

駐車場の隅に車を停めると、集は商店街のスーパーで買い込んだ数日分の食材を母屋まで運ぶのを手伝ってくれた。

「すみません。お手伝いしていただいて」

「気にしなくていいよ。それより今からまた汚部屋掃除の続き？」

「夕食の準備までまだ時間があるんで」

「直くん休む暇ないじゃない。地獄の大魔王にちょっと文句言ってやろうかな」

笑いながら歩いていくと、まるで自分たちを待っていたかのように母屋の扉ががらりと開いて、狩衣姿《かりぎぬ》の鷹介が出てきた。

「お、タイミングよく大魔王のお出ましだ。鷹――」

呼びかけようとして集が足を止めた。

大魔王の後からワンピース姿の女性が出てきたからだ。

鷹介も女性も、直たちに気づいていないらしく、親しげな笑顔で何か話している。

すっと背を伸ばした立ち姿が美しい。離れた場所からでもとても品の良い女性だとわかった。年の頃は鷹介や集より少し上、三十代後半くらいだろうか。しっとりと落ち着いた大人の雰囲気を醸している。

狩衣姿の鷹介と並ぶ様子はさながら色彩を抑えた水彩画のようで、スーパーの袋を抱きかかえたまま直は息を呑《の》んだ。

「来てたんだ」

集がひとり言のように呟いた。彼女のことを知っているような口ぶりだ。

あの人誰なんですか。

喉元まで出かかった言葉を呑み込んだ。ふたりの楽しそうな笑い声が響いたからだ。鷹介が何か面白いことでも言ったのだろう、彼女は口元を押さえ、ほんの少し前屈みになる。

「……嫁ですか」

呟いたのは無意識だった。ん？　と集が首を傾げた。

「鷹介さん、母屋には嫁しか入れないんですよね」

「ああ、そのことね」

集が苦笑した。

「彼女はあいつの嫁じゃないよ。ただまあ……特別な人ではあるけどね」

——特別な人……。

なんだろうこの、胃のあたりがずんと重くなる感じは。

黙り込んだ直の耳元で集がいたずらっぽく囁《ささや》く。

「気になる？」

「……いえ」

「全然気にならないんだ」

「なりません。ならないとおかしいですか」

そうは言っていないけどと集はまた苦笑する。

「きれいな方ですね。鷹介さんと並ぶと、とてもお似合いに見えます」

淡々と感想を述べると、集は驚いたように目を見開いた。

「直くんって、大人なんだね」

「そうですか」

「うん。大人。クール」

からかってるんですかとムッとする直の背中を、集は「さ、行こう」と押した。

「おーい、鷹介、買い物してきてやったぞーっ」

集の声に玄関先のふたりが同時に振り向き、同じタイミングで破顔した。予期せぬシンクロを見せつけられて、胃のあたりがさらに重くなる。彼女は集に向かって小さく手を振り、それから直に向けて軽く会釈した。直も仕方なく小さく頭を下げた。

そこへタクシーがやってきて、彼女を乗せて去っていった。リアウインドで彼女が手を振ると、鷹介も応えるように手を振った。

——あんなふうに笑えるんだ。

彼女の前では、地獄の大魔王は封印しているらしい。

タクシーが見えなくなると、鷹介が小走りに駆け寄ってきた。

「なんだ、集と一緒だったのか」

「大学の前で偶然拾ってもらいました」

「スーパーに寄るっていうから乗せてきたんだ」

ね、と集に振られ、直は「ええ」と頷いた。

「そっか、サンキュ」

鷹介は直の抱えていたずっしりと重い買い物袋を軽々と取り上げた。

「杏子《きょうこ》さん、なんだって？」

「別に。大した用じゃない」

杏子というのが彼女の名前らしい。

でもって大した用でもないのに家に上げるような関係らしい。

「どれどれ何を買ってきたんだ？」

話を逸《そ》らすように、鷹介が買い物袋を覗き込む。

「お、サーロイン。今夜はステーキか」

「とりあえず失敗しなさそうなところで」

肉じゃがとかカレーとか、徐々にレパートリーを増やしていくつもりだ。

「焼くだけだもんな」

「その焼くだけすら面倒くさがってカップ麺ばっか食ってるくせに」

集の突っ込みを無視し、鷹介は「ステーキ、ステーキ」と口元を緩ませた。よほど嬉しいらしい。人のことをガキ扱いしていたくせにと可笑しくなる。

「そうそう、さっきの直くん、格好良かったよ」

集が思い出したようににやっと笑った。

「さっき……？」

直はきょとんとした。心当たりがない。

「M大のキャンパス前で直くんを見つけて声かけようとしたら、なんということでしょう、合コンの誘いをサクッとお断りしているではありませんか」

「……聞いてたんですね」

「真横だったからね。『悪いんだけどおれ、付き合ってる人いるから』」

「勘弁してください」

「ソー、クール。痺《しび》れたね」

げんなりする直を、鷹介は真顔でじーっと見つめる。もしかすると「付き合っている相手がいるなんて聞いていないぞ」などと苛《いら》ついているのだろうか。何せ大魔王だ。「お前は俺の嫁だろ」と理不尽な怒りに震えているのかもしれない。

「お兄さん惚《ほ》れちゃいそうだった」

「一応、友達の間ではクール系で通ってます」

直は前髪を掻き上げながらさらりと答えた。

「集、そろそろ行かなくていいのか」

「あ、本当だ」

もう一軒配達あったんだと、集は慌てて帰っていった。

ふたりきりになると鷹介はあらためて直の顔を見つめ、それからそっと視線を逸らすと、ぶっと噴き出した。

「なんですか。なんか可笑しいですか」

「だってクールって、お前が……ぶっ」

とうとう鷹介は天井を仰いで、あははははと爆笑した。

「な……」

鷹介は、怒りに震える直の肩を「悪い悪い」とポンポン叩いた。そこら中に散らばっている枯葉より軽い口調から、ちっとも悪いと思っていないことが伝わってきた。

「俺の頭ん中を今、女装して助勤に入ってから今日までのお前が、走馬灯のように蘇っているんだけど、どの馬もどの馬もドジでのろまな駄馬、てかもはやロバ？　クールで格好いい馬なんて一頭も記憶にないんだけど。俺の記憶違いか？」

久々に笑わせてもらったわと、鷹介は目尻の涙を指で拭《ぬぐ》った。

最初の馬は階段を転げ落ち、次の馬は夜の公園に半裸で蹲《うずくま》り、昨夜は夜道で腰を抜かし、挙げ句「早く出したい」と下半身丸出しにして手淫を懇願……。

――うっ……。

数々の痴態が蘇り、顔や首がかぁっと熱くなった。鷹介の記憶のスクリーンには、世にもマヌケな顔をした駄馬やロバがパカパカと駆け巡っているのだろう。

「しかしまあ合コンを断ったのはいい心がけだな。万が一上手くいっても、付き合い出した途端それこそ馬脚を現しちまって、駄馬だとバレて振られるのがオチだ。って、そもそもお前ゲイだったな」

忘れてたわ、みたいな言われ方に頭の中でブチッと音がした。

直は唇を噛み、毒舌大魔王を射殺《いころ》さんばかりに睨み上げた。

「あんたの……あんたのせいだから」

唸《うな》るような直の声に、鷹介は面倒くさそうに首だけ振り向く。

「あぁ？」

「おれは、あんたといると駄馬になっちまうんだよ！　なんだか知らないけど！」

「なんで俺のせいなんだ」

「中学も高校も大学も、ずっとクール系でイケてたんだ！」

「お前の周りの人間全員、早急に視力検査させろ」

「ふざけんな！」

カッとなって振り上げた拳《こぶし》を、鷹介はいとも簡単に振り払った。

そして直を壁際に追いやると　左右の耳の傍にドン、と両手を突いた。

——うわっ……。

突然の壁ドンに、直は目を見開いて固まった。

鷹介の顔が近づいてくる。自信満々の表情が腹立たしい。

悔しいけれど、近くで見れば見るほどいい男だ。

「いいか。俺が言いたいことはふたつだ」

鼻の頭が軽く触れ合う。思わずぎゅっと目を閉じた。

「俺は完璧で隙《すき》のないサラブレッドより、マヌケな駄馬がお好みだ。いわゆる駄馬専だ。わかったか」

いわゆるの使い方が間違っているような気がするが、とりあえずコクコク頷いた。

「ふたつめ。ステーキはレアでよろしく」

「……へ」

「焼きすぎるなってことだ。わかったか」

だったら自分で焼けと言いたいのをこらえ、直は渋々頷いた。

「あ、それから」

「ふたつじゃなかったんですか」

「うるさい。追加だ。今後集の車には乗るな」

強引な追加項目に、直は瞬《まばた》きをした。

「鷹介さん、加賀谷さんと友達なんじゃないんですか」

「親友だ」

「だったら――」

「最高の親友であることに間違いはないが、いかんせんあいつは生来のタラシだからな。男女構わず手が早い。しかも欲しいものを手に入れるのに手段を選ばない。あの外車買う時だって値切って値切って値切り倒して、ディーラーの担当者が血尿出したんだぞ」

「し、知りませんそんな事情」

「あいつとどうにかなりたいと思うなら別だが、そうじゃないならあいつの助手席には金輪際乗るな。わかったか」

わからない。直は眉を顰めた。

「どうにかって、なんですか」

これ以上ないほど不機嫌な声で尋ねると、今度は鷹介が眉根を寄せた。

「言わなきゃわかんねえのか」

「わかりません」

憮然《ぶぜん》と答えると、鷹介は聞こえよがしにチッと舌打ちをした。

「バカに付ける薬はないというけど、ほんとだな」

ため息を纏《まと》った唇が近づいてくる。そして。

「ちょ、な……んっ」

一瞬のことだった。

唇と唇が触れ合い、ちゅっと音をたてて離れた。

「な……に」

「バカに薬を付けてやったんだ。エロい顔してねえでさっさと掃除の続きをやれ」

鷹介は言うことだけ言うと、袴《はかま》の裾を翻《ひるがえ》して自室へ消えてしまった。

「な……んなんだ、よ」

壁に背中を預けたまま、直はずるりとその場にしゃがみ込んだ。

——キス……だったよな、今の、多分。

唇が触れ合ったらそれはキスなのだと知ったのは、もう覚えていないほど昔のことだ。

直は草原の真ん中に放り出された頭の悪いロバのように、ぽかんと白い壁を見つめた。

耳の奥がわんわんと鳴っている。付けられた薬は思いの外劇薬だったらしい。

「なんなんだよ、もう」

頭の中がぐるぐるして、直はしばらくその場から立ち上がることができなかった。

微《かす》かに触れただけの唇が、いつまでも熱く火照《ほて》っていた。


傲慢で傍若無人な大魔王の元に、不本意ながら嫁いで一週間が経《た》った。

徐々にではあるが、直は坂の上神社での暮らしに馴染《なじ》んでいった。

大学に通いながら空いた時間に汚部屋を片付ける。丸々五日かかって広々とした畳がその全貌を現した時には、学生生活で一度も感じたことのない大きな満足感を覚えた。汚台所の片付けにも同じくらい時間がかかるかもしれない。

朝五時。鷹介がベッドから抜け出す。

ベッドの横に敷かれた布団の中で、直はその微かな気配を感じる。

どちらかというと朝は苦手だ。家にいるときは目覚ましをふたつセットしても起きられず、母に起こされるのが常だったが、ここで暮らすようになってからというもの、不思議と朝の目覚めがよい。

直を起こさないようにそろりそろりと鷹介が部屋を出ていく。温かい布団の中でその足音を聞くと、なんとも言えない幸福感に包まれ、さて自分も起きようかなという気分になるのだ。

一緒に入浴してうっかり欲情してしまったことを悟られて、手でイかされた。その翌日に壁ドン。畳みかけるようにキスまでされて――。そのままなし崩しに同衾《どうきん》を求められるかと思ったのだが、予想はあっさり裏切られた。

朝が早い鷹介は必要のない夜更かしをしない。やむを得ず雑務に追われることも多いが、それでもなるべく早めに就寝すると決めているようだ。直にとっては地獄の大魔王でも、氏子たちにとっては自分たちの神に奉仕をする神職者なのだ。仕事をないがしろにしない姿勢には、素直に尊敬の念を覚えた。

レポートを書いたり翌日の講義の予習をしたりして直が寝室に入る頃には、鷹介はすでに寝息をたてていることもある。

なんだ、今日も寝ちゃったのか。

落胆する自分に、アホかと突っ込む。

翻弄されている自覚は大いにある。ありすぎる。だいたい「裏切られた」ってなんなんだ。まるで最初の日のように、同じ布団で眠ることを期待しているみたいじゃないか。

——期待……しているのかな。

手でされたことも壁ドンもキスも、決して嫌ではなかった。

あの日、キスの動揺を引きずった直は、せっかくのサーロインをウエルダンにしてしまい「下手くそ」と罵《ののし》られた。相変わらずの大魔王ぶりにむかむかと腹が立ち、じゃあ自分で焼けよとも思ったけれど、歯を磨こうと向かった洗面台でふと手を止めた。

銀色の細長いコップに、歯ブラシが二本挿さっていた。

ちょっと使用感のある青色が鷹介の。新品同様の緑色が直の歯ブラシだ。二本寄り添うように並んでいるのを目にした途端、まるで魔法にでもかかったようにむかむかが消えていくのを感じた。

札幌のアパートでは、仲良く並んだ歯ブラシが「ここにはお前の居場所はないよ」と訴えかけていた。けど目の前の光景は直に、ここにいていいんだよと言ってくれている。コップに歯ブラシが二本挿さっているというただそれだけの光景に、不覚にも目頭が熱くなった。告白してデートして手を繋いで、それからキスをする。人間界ではそれが常識だけれど、なにせ相手は地獄の大魔王だ。まずは脅して拉致軟禁。でもって強引に娶《めと》っていやらしいことをする——それが直の知らない、魔王界の掟《おきて》なのかもしれない。

本気で逃げようと思えば逃げられるよねと集は言った。

逃げ出さずに留まっているのは、直の意志だ。

今はここに、鷹介の傍にいたい。たとえ人間界のルールが通用しなくとも。

「今日は午後から青年神職会の会合だから、帰りは夜だな」

坂の上神社で迎える二度目の土曜日。朝の食卓で鷹介が言った。

「遅くなりそうですか」

「いや、七時くらいには戻れると思う」

きれいな焼き目のトーストに半熟卵、それにミルクたっぷりのカフェオレ。温野菜のサラダも付けた。すでに宮司モードに入っている鷹介は淡々と口に運んでいるが、一週間前の朝食に比べると飛躍的進歩ではないかと直はひっそり満足している。

——おれ、いつまで鷹介さんの嫁でいられるのかな……。

ふと過《よぎ》った思いにハッとした。まるでこの軟禁生活を楽しんでいるみたいだ。

勘違いしてはいけない。この生活は口止め料なのだ。

直はふるふると頭を振った。

「鷹介さん、カフェオレお代わりは？」

「もういい。ごちそうさま。美味《うま》かったよ」

朝の光の中、白衣に袴姿の鷹介がすくっと立ち上がる。

その姿はやはり神々しくて、トーストにかぶりついたまま直はつい見惚《みと》れてしまう。

「そうそう、昨日お前が大学に行っている間に、あの子が来たな」

「あの子？」

鷹介は「えーっと」と眉間に指を当てた。

「あぁ、思い出した。みな美ちゃんだ」

——みな美が？

ドキンとしたのは、ここから大学に通っていることをまだみな美に知らせていないからだ。

「みな美、何しに来たんですか」

「『結《ゆい》の矢』を授かりに来たそうだ」

「『結の矢』？　……へぇ」

そう言えば月曜にキャンパスで会った時、思わせぶりなことを言っていた。

——あいつ、やっぱ好きな人ができたのかな。

弾《はじ》けるようなみな美の笑顔が目に浮かぶ。直とは真逆のみな美はいつだって自由闊達《じゆうかったつ》だ。好きな人ができたら猪突猛進《ちょとつもうしん》で告白しそうなのに。頬を赤らめてお札に思い人の名前を認《したた》める姿を想像したら自然に口元が緩んだ。

「おい直」

不意に長い手が口元に伸びてきた。

「え？　――あっ」

鷹介の指が、唇の端に触れた。

「なっ……」

先日の劇薬を思い出し、びくりと身体が竦んだ。

「ぼけーっとして、口にパンくず付けてんじゃねえよ。じゃあな」

直の口元から摘《つま》み取ったパンくずを口に放り込むと、鷹介は振り向きもせず部屋を出ていってしまった。

――大魔王のくせに……。

時々不意に甘ったるいから困ってしまう。

直はパンと両手で頬を叩き、てれんとしてしまいそうな心に気合いを入れた。

その日の夕方、直は買い物かごを手に商店街の青果店にいた。

本来ならマクロ経済学のレポートに四苦八苦している予定だったのだが、突如レポートより重要なミッションが入ってしまったのだ。

「えーっと、このイチゴください」

「とちおとめですね。八六〇円になります」

――高っけぇ。

はしりの果物は旬と比べてべらぼうに高い。イチゴなんてクリスマスを過ぎないと口にしないのだが、今日は特別だ。

「あと、キウイとバナナと……そこのオレンジも一個ください」

鷹介から生活費を預かっているけれど、これだけは自分で買わないと意味がない。札幌特攻ですっかり軽くなってしまった財布から、直はなけなしの千円札を二枚出した。

三十分前のことだった。

少し早めに下がることになった助勤の巫女《みこ》が、母屋までやってきた。

『あの、宮司さんのお手伝いさんですよね』

おおよそ間違ってはいない。直は『はい』と頷いた。

『これ、渡してもらってもいいですか』

おずおずと彼女が差し出した紙袋は、若者向けファッションブランドのものだった。可愛らしいリボンでラッピングされた箱が入っている。

『誕生日プレゼントなんです』

『誕生日？』

『今日、お誕生日だから』

久島さんの、と彼女は頬を染めた。

神社の宮司さんではなく「久島さん」に、彼女は誕生日のプレゼントを用意していたのだ。

お預かりしますと平静を装いながら、直の心は乱れた。

——今日、誕生日だったのか……。

こうして同居しているとはいえ、つい一週間前までその存在すら知らなかったのだから仕方のないことだけれど、キスとかそういう諸々嫁的なことをしているにもかかわらず、誕生日を知らなかったという事実はかなり「がーん」だった。

帰宅は七時くらいと言っていた。今から何か用意できるものはないだろうか。

凝った料理は作れない。かといって気の利いたプレゼントを買いに行く時間もない。

ふと、押し入れの中にしまわれていたファイルを思い出した。

『ほとけえきって、要するにパンケーキだよな』

パンケーキなら直にも作れる。この家にはオーブンがないからスポンジケーキを焼くことはできないが、パンケーキならフライパンで焼ける。生クリームとフルーツで飾り付ければ、バースデーケーキっぽく仕上がるかもしれない。

気づいたら買い物かごを手に、坂道を商店街へ向かって駆け下りていた。

パンケーキは思いの外上手《うま》く焼けた。汚台所にあったただひとつのフライパンが、分厚い鉄製だったのがよかったのだろう。油が馴染んでいて使い込まれた感があった。手入れをしていたのは鷹介ではなく、今は亡き彼の母親か祖父だったのだろう。

もうすぐ七時だ。直は泡立てた生クリームとカットしたフルーツを冷蔵庫から出して飾り付けると、最後の仕上げにチョコペンで『Happy Birthday』の文字を書き入れた。

かなり照れくさいけど、それなりに仕上がった気がする。本当はシャンパンで乾杯といきたいところだけれど、未成年の直には買うことができなかった。若干オシャレ感に欠けるけれど、冷蔵庫に大量保管されている缶ビールで我慢してもらおうと思った。

あとは主役の帰宅を待つだけ。

壁掛け時計に視線をやったところで、スマホにメッセージが届いた。

「鷹介さんだ。グッドタイミ〜ング」

うきうきと開いた直の目に飛び込んできたのはしかし、まさかのメッセージだった。

【今夜遅くなるかもしれないから先に寝てろ】

「嘘……」

がくんと肩を落とし、そのまま台所の椅子に座り込んだ。

「遅くならないんじゃなかったのかよ」

思わず恨み言が口を突いた。

わかっている。鷹介が悪いわけじゃない。

大人の会合なんてものは、予定の時間に終わることの方が少ないのだ。鷹介ひとりが切り上げたいと思っても、なんだかんだで長引いてしまうこともあるだろう。流れでそのまま飲みに、なんてこともあるかもしれない。

けれど先に寝ていろということは、よほど遅い時刻まで帰れないのだろうか。

もう一度壁の時計を見た。午後七時を回ったばかりだ。

――もしかして……。

ふと過った予感を、直は即座に否定した。

そんなことはない。きっと青年神職会の人たちとの飲み会だ。

――でも……。

今日が鷹介の誕生日だと知っている人は、あの巫女以外にもたくさんいるだろう。

たとえば家族。たとえば友人。そしてたとえば……。

直は弾かれたように立ち上がった。自分でたてたガタンという椅子の音にびくついた。

形にしてはいけないもやもやが、どんどん輪郭を成していく。

立ち姿の上品な、水彩画から抜け出したような……。

――だからなんであの人って決めつけてんだよ。

妄想が暴走している。まずは落ち着こうと、もう一度椅子に腰を下ろした。

今朝は「七時には戻れる」と言っていたのだから、最初から約束していたわけではないのだろう。誰かから急に呼び出されたのだろうか。

鷹介にとって今日は、一年に一度の特別な日だ。

直と同じように、サプライズを用意している人がいてもおかしくはない。

——誰かって……。

ダメだ。

直は立ち上がり、すーっと深呼吸をすると、この間登録したばかりの名前に電話をかけた。

『直くん?』

集はすぐに出てくれた。

「突然電話しちゃってすみません。今、大丈夫ですか」

『構わないけど、どうしたの? なんかあった?』

「いえ、急用とかじゃないんですけど。鷹介さん、今夜どこにいるかご存じですか」

『鷹介? なにあいつ、連絡もなしにどっか行っちゃった?』

「違うんです。そうじゃなくて、あの……鷹介さんスマホ忘れて出かけちゃって」

『スマホ?』

「はい。それで『今すぐ持ってきてくれ』って頼まれたんですけど、お店の名前がよく聞き取れないまま切れちゃって」

『かけ直さなかったの？』

「え……」

手のひらに嫌な汗をかく。

「あぁ……あの、家電にかかってきたんです。番号非表示だから折り返しかけられなくて」

咄嗟《とっさ》にしては、なかなかの言い訳ではないだろうか。とりあえず辻褄《つじつま》は合っているし、これで集が鷹介のスマホに連絡してしまう危険性はかなり低くなる。

少しの間の後、集は『なるほどそれは困ったね』と言った。

直はもう一度深呼吸をし、話を続けた。

「鷹介さんの行きつけのお店とかありますか。加賀谷さんならご存じかと思って」

また少し間がある。ほんの数秒が心臓に悪い。

『もしかするとあそこかなぁ』

「わかるんですか」

思わず声が弾んだ。

『場所、銀座って言ってなかった？　四丁目の裏通りの』

「あぁ……そうです。確かそんなこと言ってたような」

声が上擦るのを必死に抑えた。

『俺もたまに行く店だから、送ってってあげようか？』

「い、いえっ、大丈夫です。多分そこで間違いないと思うので、すぐに向かいます」

『そ。わかった』

疑いもせず、集は店の名前と電話番号を教えてくれた。

ジャケットのポケットに折りたたんだメモを突っ込むと、直は地下鉄を乗り継ぎ銀座へ向かった。

――バカか？　その店に鷹介さんがいるかどうか、わからないんだぞ。

――何しに行くつもりなんだ。万が一会えたとして、どうするつもりなんだよ。

――もし本当に杏子さんて人と一緒だったらどうすんの？

警報のようにぐわんぐわんと心の声が響く。どれも正論だ。

誰と一緒なのかもどこにいるのかもまったくわからないのに、集に嘘までついて、一体自分は何をしようとしているのか。

ぐるぐる考えているうちに、店の看板が見えてきた。

「確かめるだけだから。それだけだから」

直は自分に言い聞かせた。鷹介はこの店で、青年神職会のメンバーとか店の常連とか学生時代の友人とか、とにかく杏子ではない誰かに、誕生日を祝ってもらっているのだ。

息を止め、ぐっと拳を握る。

一歩踏み出したところで、カランとカウベルの音がして店のドアが開いた。

――うわっ。

距離は十メートルほどしかない。直は大慌てで自販機の陰に身を隠した。

「……だったわよね」

「そうだったかな……だったから覚えてないな」

店から出てきたと思しきふたり連れの、楽しげな話し声が近づいてくる。こちらに向かっているようだ。直は道路に背を向け身を硬くした。

「ね、さっきの話だけどどう思う？」

「名前のこと？」

「うん。私は鷹介くんに決めて欲しいんだけど」

うーん、と悩む声がする。

「そういうことはやっぱりほら、ふたりで決めないと。それにまだ性別もわかんないんだから、もう少しゆっくり決めればいいよ」

「それもそうね。男の子かな。女の子かな。鷹介くんはどっちがいい？」

「どっちでもいいよ。無事に生まれてくれたらそれで」

「そう言うと思った」

ふふ、っと女性が笑った。背中をふたりが通り過ぎていく。

「そこでタクシー拾おう」

「大丈夫よ、電車で」

「ダメ。何かあったら大変だ。もう、鷹介くん心配性なんだから」

「大丈夫だってば」

足音が遠ざかっていく。

声が聞こえなくなり、直は俯《うつむ》けていた顔をのろりと上げた。

――なに、今の。

脳が全力で受け入れることを拒否している。今ここを通っていったのが鷹介と杏子だということも、彼女のお腹に赤ちゃんがいることも。

「子供って……」

なんだそれ。あまりの衝撃に、ハッと乾いた嗤《わら》いが漏れた。

親友の集を、鷹介はタラシだと言った。

けど今夜はっきりわかった。タラシなのは集ではなく鷹介の方だ。

嫁だのなんだのと思わせぶりなことを言っておきながら、杏子とも……。

――いや違う。

順序が逆だ。杏子が妊娠したのはどう考えても直と知り合う前だ。鷹介は人の子の父親になろうというのに、自分にキスをしたり、あんなことまで……。

直は歯を食いしばり、重い足を引きずるように歩き出した。

鷹介は今夜、杏子と過ごすのだろうか。だったら自分はどこへ帰ればいいのだろう。主の帰らないあの神社で、ひとり夜を過ごすのだろうか。

――嫌だ。

唐突に襲ってきた強烈な感情に、直は路上でぶるっと身震いした。

今の今まで気づかなかった――いや違う、とっくに気づいていたのに気づかないふりをしていただけの感情が、音もなく胸に溢《あふ》れ出した。

鷹介が好きだ。

地獄の大魔王だとわかっているのに、どうしようもなく好きになってしまった。

どんなに意地悪を言われても、バカと怒鳴られても、汚部屋掃除を命じられても、夜道を走らされても、それでも鷹介が好きだ。だから逃げ出さなかった。

拉致だ軟禁だと文句を言いながら、それが鷹介の優しさなのだとわかっていた。からかうように施された手淫も、突然の壁ドンも、淡いキスも、決して嫌じゃなかった。それどころかどの瞬間も、いとも簡単に直の鼓動を乱れさせ、身体の芯から力を奪った。

いまさら気づくなんて、バカすぎる。

『ま、外で済ませちゃってるんだろうけど』と集は言っていた。

外で済ませていた相手が、嫁になるだけの話だ。

ふたりは生まれてくる子供の親となる。家族になるのだ。

自分の入り込む余地などどこにもない。

「じゃあなんで……おれなんかに優しくしたんだよ」

唇からほろりと恨み言が零れる。

幸への思いが恋でなかったとしたら、直にとって鷹介は初恋の人だ。

十九歳で初恋。そして気づいた瞬間に失恋。恋愛偏差値はヒトケタかもしれない。

やっぱり自分は駄馬だ。できそこないだ。

だから簡単に好きになってしまったのだろうか。口は悪いくせに格好良くて、憎らしいのに甘ったるくて、厳しいくせに誰よりも優しい、およそ神職らしくない孤高の宮司に。

「ヘイ、そこの可愛いお兄さん、乗っていかない？」

立ち尽くす直の耳に、どこからかデジャヴのような台詞が聞こえた。

後から近づいてきた車が直の横ですーっと停まる。

「加賀谷さん……」

デジャヴではなかったらしい。

「どうだった？　鷹介に会えた？」

心配そうに尋ねられ、直は答えることができない。

「さっき簡単に店の場所説明したけど、電話切ってから直くんちゃんと鷹介と会えたかなーって心配になって来てみたんだけど」

その優しさに目頭が熱くなったけれど、ここで泣くわけにはいかない。

直はぐっと下腹に力を入れた。

「ご心配おかけしました。加賀谷さん、見かけによらず心配性なんですね」

努めて明るく答えると、集はホッとしたように「見かけによらずはよけい」と肩を竦めた。

「スマホ、ちゃと渡せた？」

「おかげさまで。鷹介さん、ホント人使いが荒くて困っちゃいますよ。今夜は遅くまで飲み歩くつもりみたいです」

「そうなんだ。じゃあまた送ってあげるよ」

「え、いいんですか？」

集はにこっと微笑《ほほえ》んで、助手席の扉を開けてくれた。

「やったぁ。帰りの地下鉄代浮いちゃった。ラッキー」

「缶コーヒーでもおごってもらおっかな」

「もちろんですよ。コンビニに寄ってってください」

「冗談だよ。まったく直くんはどこまでも大人なんだから」

軽口を叩くふたりを乗せ、車は賑《にぎ》わう週末の銀座を後にした。

坂の上神社の駐車場に着くまで、直はほとんど口を閉じなかった。

最近観た映画の話、同じゼミの女子が美味《おい》しいと言っていたスイーツの話、芸能の話やスポーツの話など、思いつくままにしゃべり続けた。集はどんな話題にもにこやかに反応してくれたが、神社の駐車場に停車した時には、会話の内容はひとつも頭に残っていなかった。

「送っていただいて助かりました」

「どういたしまして」

「本当にありがとうございました。それじゃ、おやすみなさい」

いつもの軽さで「おやすみー」と返ってくると思ったのだが、集の口から出たのは別の台詞だった。

「直くん、大丈夫？」

大丈夫じゃない顔をしてしまっただろうか。直は慌てて笑ってみせた。

「平気ですよ。確かに夜の神社ってちょっと不気味ですけど」

「そうじゃなくて」

集は首を横に振った。どこか痛むような、苦しげな表情をしている。

「ごめん、直くん」

直は首を傾げた。集に謝られる理由が思い浮かばない。

「実は俺、知ってたんだ。今夜、鷹介が杏子さんとあの店にいること」

「えっ……」

驚きに目を瞠《みは》る直に、集は「本当にごめん」と長い睫毛《まつげ》を伏せた。

「今度うちの店で東北のワインを扱うことになってね。地ワインっていうの？　その試飲を頼もうと思って夕方あいつに電話したら、急遽銀座で杏子さんと会うことになったって」

悪いが試飲は明日にしてくれと鷹介は言った。

直からの連絡を受けたのはその直後だったという。

「直くん、なんだか切羽詰まってたから、店の場所を教えたのはいいけど、電話切った後で心配になって結局銀座まで行っちゃったんだ。路地から鷹介と杏子さんが出てくるのが見えて……しばらくして同じ路地から、青い顔をした直くんが出てきた」

「嘘ついて……すみませんでした」

うな垂れる直に、集は「謝らなくていいよ」と首を振った。

「あの、鷹介さんに、おれが探していたってこと……」

「知らせない方がよかった？」

目の前が暗くなった。嘘をついて居場所を聞き出し、こっそり店を訪ねていたことを、鷹介に知られてしまった。

「鷹介さん、なんて」

「そうか、わかったって。それだけ」

それはそうだ。他に答えようがないだろう。これから一緒に家庭を築く女性と語らう大切な時間に、居候のことを考える余裕も必要もありはしない。

涙が溢れそうになり、直は車から飛び出した。暗い駐車場を母屋に向かって走る。

鷹介が戻ってくる前に、荷物をまとめて出ていこうと思った。

「直くん！」

バタンとドアを閉める音がして、集が追いかけてくる。

「直くん、待って！」

二の腕を摑まれ、背中から抱きしめられた。

「か、加賀谷さん？」

「直くんが嘘ついているってわかってて店の場所教えたの、どうしてだと思う」

集が問いかける。

「現実を見たら直くん傷つくだろうと思ったけど、そうしないと諦められないだろ、あいつのこと」

「離して、くださいっ」

「俺にしなよ」

どこか痛むように、集が低く囁いた。

「鷹介なんかやめて、俺にしときなよ。俺なら直くんにそんな辛《つら》そうな顔させない。絶対に泣かせたりしない」

――加賀谷さん……。

集は優しい。自分を包む腕も温かい。

鷹介のように無茶も言わないし汚部屋の掃除もさせない。

集と付き合えばきっと、オシャレで楽しい毎日が過ごせるかもしれない。

――でも。

直は歯を食いしばり、首を横に振った。

「ごめんなさい、おれ、やっぱり――」

最後まで言い終わる前に、坂道を猛烈なスピードで車が上がってきた。

低燃費で有名な国産車が、映画ばりの急ブレーキで停まる。

たたらを踏みそうな勢いで停止したタイヤに弾かれ、砂利が直の足元まで飛んできた。

――どうして……。

呆然《ぼうぜん》とする直と憮然とする集の前で、勢いよく車のドアが開く。

降り立った鷹介の姿に、直は息を呑んだ。

ダークグレーのセーターはカシミアだろうか。夜目にも上質だとわかる。細身のパンツにさらりと合わせるあたり、上級の着こなしだ。無造作に羽織った濃紺のチェスターコートが、非の打ち所のない鷹介の体軀《たいく》を一層引き立たせていた。

直の知っている鷹介は、いつもの見慣れた神職姿か、でなければ部屋着に毛の生えた程度のラフな格好ばかりだった。今日は出かける姿も見ていない。さっきの店の前でも直は道路に背を向けていた。こんなよそ行きの、思わず見惚れてしまいそうな姿を見るのは初めてだった。

まるでランウエイを歩くモデルのようなのに、その表情は部下にヘマをされたマフィアのボスのように殺気だっていた。

「何してんだ」

その台詞は直ではなく、集に向かって発せられた。

「見てわかんないか。直くんを抱きしめてたところだ」

「手を離せ」

この世の苦みを凝縮したようなその声が聞こえないかのように、集は直に微笑みかけた。

「直くん、行こう。今夜はうちに泊まるといいよ」

おいでと腕を引かれ、直は惑うように一歩二歩前によろけた。

「集、ふざけるな」

鷹介がおもむろに立ちふさがる。

「残念ながらふざけてなんかいない。俺は真剣だ。直くんに惚れたんだ。ガラにもなくマジ惚れだよ」

「だったら、なおさらその手を離せ」

こみ上げる怒気を隠そうともしない親友を、集はふんと鼻で笑った。

「ならどうしてすぐに戻ってこなかったんだ。直くんがお前を探しているぞって、せっかく敵に塩を送るような気分でメッセージ送ってやったのに」

直の腕を摑んだまま、集はゆっくりと鷹介に向き直った。

直が自分を探していることを鷹介は知っていた。それなのに杏子と食事を続けた。

今さらながら胸の奥が絞られるように痛んだ。

「直くんが大事なら一目散に帰ってこいよ。紆余曲折あったろうけど、お前は最終的に杏子さんを選んだんだ」

「違う、そうじゃない」

「言い訳は聞きたくない。結局お前はまだ彼女に未練が――」

「違う！」

鷹介が叫んだ。

「何が違うんだ！」

集も怒鳴り返す。睨み合うふたりの間で、直は強く唇を嚙みしめた。

どうしてこんなことになってしまったのかわからない。ただはっきりしていることがひとつだけある。自分はここにいるべき人間ではないということだ。

「おれ、家に帰ります」

鷹介がハッとこちらを向いた。

傷ついたようなその顔を、真《ま》っ直《す》ぐ見ることができず目を逸らした。

「今からすぐに荷物まとめて帰ります。お世話になりっぱなしで心苦しいんですけど」

「直、ちょっと待て。話を聞け」

直は「ごめんなさい」と鷹介を振り切るように歩き出した。

「おい、直――」

「待てよ、鷹介」

「うるさい、離せ」

ふたりが揉める気配を背中に感じながら、直は母屋に向かって境内を駆け抜けた。

荷物といってもそれほど多くはない。テーブルの上に開きっぱなしになっていたマクロ経済学の教科書と、乾燥機の中にあった自分の分の洗濯物を、ぐしゃぐしゃとバッグに詰め込んだ。荷物の少なさが鷹介と自分の関係の薄さを示しているようで、乾いた嗤いが漏れた。

廊下に出ようと立ち上がると、居間の扉が開き、鷹介が入ってきた。

直は畳に正座をした。

こんなに好きなのに、鷹介と会うのはこれが最後だと思うと苦しくてたまらない。

それでも感謝の気持ちだけはきちんと伝えなければと思った。

「えっと……短い間でしたけど、いろいろとお世話になりました」

「直、ちょっとだけ話を聞いてくれないか」

いつもの不遜な命令口調も影を潜めている。直は畳の目に視線を落とした。

出ていくと決めたのに、もう心がぐらついている。

「話聞くくらい、いいだろ」

な？　と頭に大きな手のひらが下りてきて、直の髪をくしゅっと摑むように撫でた。

――ずるい……。

こんな時なのに、胸の奥がうずうずしてしまう。触れられるだけでこんなに嬉しいなんて。

自分がどれほど鷹介を好きになっていたか、今さらのように思い知った。

「ちょっとだけなら」

負けたみたいな気分でそう言うと、鷹介はチェスターコートを脱ぎ捨て、直の真正面に胡座をかいた。

「加賀谷さんは？」

「帰った。というか帰した」

集にも悪いことをしてしまった。罪悪感が胸に広がる。

ホテルから脱走して鷹介を呼び出した日も、こんな体勢で話をした。あの時鷹介が口に入れてくれた千歳飴の甘さを、直は一生忘れないだろう。

「何から話せばいいんだか」

鷹介は頭をガシガシと掻いた。

「店の前まで来たんだってな。今、集から聞いた」

直は正直に頷いた。

「俺としたことがまったく気がつかなかった」

「隣の店の、自販機の陰にいたから」

「なんでまたそんなところに。忍者かお前は」

鷹介はどっとため息をついた。

「集からお前が探しているとメッセージをもらって、本当は飛んで帰ってきたかった。バカがまたバカなこと考えてバカなことやらかしてんじゃないかと、気が気じゃなかった」

「嘘ばっかり」

「嘘じゃない。彼女——杏子さんのお腹には今、赤ちゃんがいる。妊娠しているんだ。まだ安定期に入っていない大事な時期だから、夜の銀座に放って帰ってくるわけにはいかなかった。彼女をタクシーに乗せてから急いで集とお前に何度も電話したのに、ふたりして出やしないし」

「どうしてひとりで帰ってきたんですか。ずっと付き添ってあげなくていいんですか」

「彼女に付き添うのは、俺の役目じゃない」

えっ、と顔を上げた直に、鷹介は信じられないことを告げた。

「これからずっと彼女と子供に寄り添って支えていくのは、俺の役目じゃない。彼女の夫であり、子供の父親になる男の役目だ」

「えっ……と、それ、は」

驚いて口をぱくぱくさせる直に、鷹介は眉根を顰めた。

「どうせ勝手に誤解してぐるぐるしてんだろうと思ったけど。やっぱりお前はバカだ。筋金入りのバカ。バカの中のバカだ」

男の中の男みたいな言い方をして、鷹介は今日一番の深いため息をついた。

「彼女のお腹にいる子供の父親は、俺じゃない。彼女——杏子さんは俺の嫁でも恋人でもない。強《し》いて言えば、もうすぐ母親になる人だ」

「母親……？」

まったく状況の読めないまま瞬きを繰り返す直を、鷹介は「最後までちゃんと聞けよ」と、どこか甘い瞳で睨んだ。

商店街の東の外れに古い小さな喫茶店がある。杏子はその店の看板娘だという。幼い頃から人目を惹く美しい少女だった彼女は、学校においても商店街においても同年代の男子たちのアイドルでありマドンナだった。

年は鷹介や集より八つ上だというから間もなく四十歳になるのだろうが、美少女から美魔女へと年を重ねた彼女は、今なお商店街の男たちのマドンナであり続けているという。

「俺も集もご多分に漏れずってやつで、ふたりで電車乗り継いで彼女の通う大学まで押しかけたりしたなあ」

鷹介が懐かしそうな目をした。

「ふたりとも杏子さんが好きだったんですね」

「好きと言えば好きだったんだろうけど、小学生の頃の話だからな」

「小学生？」

「五年生だったか六年生だったか。今思うと俺も集もマセたガキだった。でもしょせんはガキだからな。大学生協でアイス買ってもらって、ふたりで大喜びして帰ってきたっけ」

おませな少年たちの淡い初恋が実ることは、残念ながらなかった。

「さっき集が、未練がどーとか言ってたけど、んなもんあるわけねえだろ。辞書で『セックス』って引いて、それだけで興奮してた頃の話なんだから。結局彼女の心を射止めたのは、彼女よりずっと年上の、最悪にいけ好かない男だった」

「鷹介さんの知っている方だったんですか」

「知っているも何も」

鷹介はもう一度ガシガシと頭を掻き、「親父だ」と吐き捨てるように言った。

「親父……ってあの、鷹介さんのお父さんってことですか」

「そういうことだ」

口いっぱいの苦虫を噛み潰したように、鷹介は口をへの字に曲げた。

鷹介が勝手に大学を中退して神社の宮司になったことに、父・泰三は激怒した。当然ここ坂の上神社を幾度となく訪れ、久島製薬の跡継ぎとなるべきひとり息子を連れ戻そうとした。

「とにかく絵に描いたような頑固親父でな。『お前は久島製薬の跡取りなんだぞ』『こんなおんぼろ神社などどうでもいいだろ。帰ってこい』、アホみたいにその繰り返し。話し合いも何もあったもんじゃない。『それ以上言ったら警察呼ぶぞ』って何度追い返したことか」

ところが二年ほど前から、泰三がぱたりと現れなくなった。具合でも悪いのかと探りを入れたが、秘書の話では健康そのものだという。あれほど自分に執心していたのに、何か妙だなと思っていたところへ、ひょんなところから情報がもたらされた。

「商店街の氏子さんが、親父と杏子さんがふたりで歩いているのを見たというんだ。見間違いだろうと高をくくっていたら、ある日杏子さん本人から事実だと聞かされて」

息子を説得すべく坂の上神社に通っていた泰三は、待ち時間に杏子の実家である喫茶店をよく利用していた。そこで杏子と出会い、言葉を交わすようになり、いつしか惹かれ合っていったのだという。

「惹かれ合ったたって言われても、親父今年五十だからな。実際たまげたわ」

親友の集にもなかなか話せなかったのだと鷹介は指先で鼻の頭を掻いた。たった今駐車場でようやく本当のことを話すと、集は絶句していたという。

直は鷹介とは別の意味でたまげた。計算すると鷹介は泰三が十九歳の時に出来た子供ということになる。

若すぎる恋に、世間は往々にしてひややかだ。

「親父は母さんの死亡広告を見て告別式にやってきて、初めて俺の存在を知ったそうだ」

泰三がもし学生じゃなかったら、もし大企業の次期社長じゃなかったら、鷹介の母親は授かった命の存在を知らせていたのだろうか。今となっては想像することしかできない。

今度こそきちんと結婚したいという泰三の願いを、拒み続けたのは杏子の方だった。

他でもない、鷹介への遠慮からだった。

「妊娠がわかった時、彼女に聞かれた。『私、泰三さんの奥さんになってもいい？』って。そんなこと気にしてたのかって、俺は逆に驚いたけど……ずっと気にしていたんだろうな」

鷹介は迷わず杏子の背中を押した。

先日彼女がここを訪れていたのは、正式に婚姻届を出した報告だったという。

「結婚式は挙げないが、内々でお披露目の食事会をするそうだ。その件で夕方杏子さんから呼び出されて、招待状を渡されたんだ」

鷹介にだけは直接渡してくれと、泰三に頼まれたのだという。

「自分で渡しに来りゃいいのに。身重の女房に頼むなっつーの」

鷹介はハッと短いため息をつくと、「ま、そういうわけだ」と顔を上げた。

「俺が節操なしのヤリチンじゃないって、わかったか」

「……まあ」

「まあってなんだ、まあって。集に何を吹き込まれたかわからないけどな、この神社の宮司になってから、俺は人さまに後ろ指さされるようなことはただの一度もしていないからな」

「宮司になる前はあったってことですか」

「揚げ足取るんじゃねえよ。学生時代はそれなりに恋愛もしたし、長続きしないこともあったけど、いつだって俺なりに真剣に相手と向き合ったつもりだ。据え膳と見りゃ、何でもかんでも食い散らかしてきたわけじゃねえよ。ちゃんと好きにならなきゃ……したくない」

――鷹介さん……。

思いがけない真摯《しんし》な言葉が、心の深い場所に響いた。

やっぱりこの人が好きだ。熱いものがこみ上げてくる。頬が赤らみそうで思わず俯いた直の頬を、鷹介はぺちぺちと軽く叩いた。

「んな顔すんなよ。安心しろ、全部お前がまだランドセル背負ってた頃の話だ。さて、そんなことより」

鷹介はおもむろに立ち上がると台所へ向かい、ダイニングテーブルの上に放置されていたパンケーキを指さした。

「さっきから気になってたんだけど、これはなんだ」

まじまじとパンケーキを見つめ、鷹介は「あ」と声を上げた。

チョコペンで書かれた『Happy Birthday』に気づいたようだった。

「そっか。今日俺、誕生日」

「忘れてたんですか」

うん、と真顔で頷く。どうやら素で忘れていたらしい。

「お前まさか、それで俺のこと探してたのか」

直は赤くなって俯いた。

誕生日のサプライズのために嘘までついて居場所を探した挙げ句、勘違いで逃げ帰ってきたなんて、よく考えてみたらこれ以上ないほど恥ずかしい。

「遠慮なくいただきます」

鷹介は椅子に腰かけ、ナイフとフォークを手にした。

「お、鷹介さんっ、ちょっと待って」

ラップもかけずに出かけてしまって数時間。パンケーキも生クリームも表面が乾いてしまっている。

「明日作り直しますから」

「あいにく誕生日は今日なんで」

鷹介は生クリームごとパンケーキを切り分け、ぱくりと口に運んでしまった。

そのままひと口、ふた口と無言でパンケーキを食べ続け、半分ほど食べたところでぼそっとひと言呟いた。

「美味い」

「ほんとですか。だいぶ時間経っちゃったから」

「でも美味い。誕生日に手作りのケーキ食ったのなんて、それこそ子供の頃以来だ。母親がこんな感じのホットケーキ作ってくれて――」

言いかけて鷹介が顔を上げた。

「お前、押し入れの段ボール箱、見たな」

「おうま、ほとけえき。超可愛かったです。ちなみに当時から駄馬専だったんですか」

「誰が勝手に見ていいと言った」

「部屋中全部片付けろって命令したのは誰ですか」

「うっ……」

言い返すこともできず、鷹介は苦い顔でまたパンケーキを食べ始めた。

食べながら、ぽつりぽつりと話してくれた。

久島家に引き取られることが決まった時、泰三は秘書たちに「鷹介の持ち物はすべて久島の家に運ぶように」と命じた。しかし鷹介は、あのファイルはこの家に置いていくことにしたという。娘に先立たれ、孫と引き裂かれる祖父が不憫《ふびん》だったからだ。

「それに、見ればどうしたって思い出すだろ」

年少、年中、年長、小一、小二――、思い出の数々を目にすれば必ず思い出す。

几帳面に、でも楽しそうに、それらをファイリングした人のことを。

幸せな思い出をすべて置いたまま、鷹介はここを後にした。いつか必ず戻ってくると心に誓いながら。

「本当に美味い。すごく美味いし……すごく嬉しい」

嚙みしめるように鷹介が目を伏せた。

「……鷹介さん」

こみ上げてくるものを、直はぐっと吞み込んだ。

寂しいですかと尋ねても、きっと鷹介は答えない。眉を顰め、「エロチェリーのくせに」とかなんとか、憎らしい顔で憎らしいことを言い返してくるに違いない。

――でも……。

直はパンケーキを頰張る鷹介の背後に回り、その背中をふわりと抱き締めた。

突然のハグに驚いたように、フォークを持つ手が止まった。

「なんだ。若干乾いたパンケーキをしっとりさせるおまじないか?」

「違います」

「じゃあなんだ。羽交い締めにされたら食いにくいだろ」

羽交い締めじゃなくてハグなんだけど。

やっぱり憎らしい。だけどどうしようもなく愛おしくて。

「おれが……おれが鷹介さんを幸せにします」

「…………」

勇気を振り絞って愛を告げたのに、反応がまったくない。

パンケーキの残りが少なくなってきた。

「あの、聞こえてますか？　おれ今、一世一代の――」

「聞こえてる」

鷹介は最後のイチゴを口に放り込むと、「ごちそうさまでした」と皿に向かって両手を合わせ、それからゆっくりと振り返った。

「エロチェリーの分際で偉そうなこと言ってんじゃねえよ」

予想通りの台詞に、脱力しそうになる。

「エロチェリーだって人の心配くらいします」

「小生意気な。ここに座れ」

「あっ……」

ぐいっと腕を引かれ、よろけるように腰を下ろしたのは、鷹介の膝の上だった。

突然の膝抱っこに戸惑う間もなく、唇を塞《ふさ》がれた。

「……んっ……」

歯列を割り、鷹介の舌がするりと入り込んでくる。

反射的にびくんと反った身体を、長い腕が素早く抱き留めてくれた。

「ん……ふっ……」

性急な舌の愛撫に思わず逃げを打つが、鷹介は許してくれない。この間の掠《かす》めるようなキスとはまるで違う、ねっとりと湿度の高い交わりに息が上がった。

「んっ……待っ、や……」

「嫌？」

「だ、だって、いきなり」

「宣言した方がよかったのか。今からめちゃくちゃエロいキスするぞって」

そんな宣言、丁重にお断りする。

「唇だけじゃなく、お前が泣いて恥ずかしがるあんなところやこんなところにもキスする予定だからな、とか」

「するんですか」

「する」

即答だった。

間髪入れず、ふたたび唇が重なる。

まるでずっとそうしたかったと言わんばかりに、上顎《うわあご》を舌が這《は》い回る。

「……んっ……ン」

舌の動きとシンクロするように、温かい手のひらが背中を撫《な》でる。

擽《くすぐ》るようにいたずらに、慈しむように優しく。

「お、すけさっ……」

好き。大好き。

そう告げたいのに、唇から零れ落ちたのは別の言葉だった。

「すっぱい……」

「イチゴだからな」

「とちおとめです」

「まだ高いのに。美味かったけど」

ふふっと顔を見合わせ笑った。

「直、一緒に入るか？」

鷹介が風呂場の方をちらりと見た。

鷹介の裸に反応してしまった先日の記憶が蘇り、直はぶるぶると首を振った。

「ひ、ひとりで、入ります」

「そっか。じゃあ先に入れ」

そう言って鷹介は、食べ終えた食器を洗い始めた。

この間のように『嫌よ嫌よも』と無許可で入ってこられるのも困るが、こうあっさり引かれてしまってもなんだか物足りない。

とぼとぼと風呂場に向かう直を、洗い場から鷹介が呼んだ。

「あーそうそう、直」

「はい」

「好きだ」

「…………」

直は足を止め、洗い場の方を振り向いた。しかし鷹介は手にしたスポンジを皿にごしごし擦《こす》りつけるばかりで、直を見ようともしない。

「えっと、今、何て？」

もう一度言って欲しいのに。聞き間違えではないと確かめたいのに。

「早く風呂入ってこい」

「でも……」

「うるさいな。いいから早く入ってこい」

待ちきれねえだろと呟いた横顔が少し赤くて、直はようやく鷹介が照れていることに気づいたのだった。

風呂から上がった直を、鷹介はベッドの縁に腰かけて待っていた。

まだ湯気の上がる頬に、長い指がそっと触れる。

「つるつる。ゆでたてだ」

「卵みたい言わないでください」

「つるんと全部剝《む》きたい」

「エロ神主……んっ……」

文句は熱いキスで封じられた。

鷹介の舌が、さっきより深いところまで一気に入ってくる。すっかり敏感になった粘膜を貪《むさぼ》るように舐《な》め回され、頭の芯がぼーっとしてくる。

「……っ……んっ……」

呼吸の仕方まで忘れてしまいそうな直を、鷹介はゆっくりと押し倒し、ベッドに仰向《あおむ》けに張りつけた。口付けを解かないまま片手で部屋着のボタンを外す。火照った胸や腹が夜の空気を感じた。

顎から首筋を通り、鎖骨を掠めながらキスが下りてくる。

胸にふたつ並んだ薄桃色の蕾《つぼみ》を、鷹介はちゅっと音をたてて吸い上げた。反対の手でもう片方の粒をくりくり捏《こ》ね回されると、じん、と覚えのない感覚が芽生えた。

「あっ……やっ」

「ん？」

「なんか、そこ……へんだから」

やめてと訴えたのに、鷹介は聞き入れるつもりはないらしく、さっきより強く蕾を吸い上げながら舌先で弄《もてあそ》んだ。合間にカリッと軽く歯を立てられ、身体がびくんと反った。

「あぁ……や、だっ」

鷹介のがっしりとした肩を押しながら、首を左右に激しく振って抵抗した。そうでもしないと意志に反してはしたない声が出てしまいそうだった。

「そこ、ダメ」

「どうして」

「嫌……だから」

「嫌じゃないだろ」

鷹介は直の手首を摑むと、「自分で触ってみろ」というように中心へ導いた。

——嘘……。

まだ触れられてもいないそこが熱を帯び、形を成し始めていた。

「なんで……おれ」

「感じてるからに決まってんだろ」

バカ、と額を指で弾かれた。

「こんな時までバカって言わないでください」

「こんな時までお前がバカだからだ。何も考えなくていいから黙って感じてろ」

そう言って鷹介は、直の脚からパジャマ代わりのスエットパンツを一気に引き抜いた。

「うわっ」

ボクサーショーツも一緒に脱がされ、一瞬ですべてが鷹介の前に晒《さら》されてしまった。

「ちょ、っと、待っ」

「待たない」

にべもなく言い放つと、鷹介は直の細い腰を両手で挟むように掴み、半端に勃《た》ち上がった
中心を口内に深く呑み込んだ。

「なっ……や、めっ……あぁ」

想像もしていなかった行為に、直は思わず両手で顔を覆った。

「こら、顔隠すな」

「恥ずかしくて、死ぬ」

「死なない。ちゃんと顔見せろ」

ほら、と腕を引っぱられ、直は半泣きで股間の鷹介を見下ろす。

直と視線を絡ませながら、鷹介は直の熱を手のひらに握り込み、滑《ぬめ》りを帯びた先端にいや

らしく舌を這わせた。

——うわ……。

今までのどの鷹介とも違うエロティックで扇情的な表情に、身体の芯がじんと痺れた。猛烈に恥ずかしいのに、なぜだろう視線が外せない。恥ずかしい顔を見られていると思うと余計にそこが敏感になり、指や舌の微妙な動きを感じてしまう。

鷹介がゆっくりと頭を上下に動かす。リズムに合わせるように、閉じた唇が敏感な裏側の筋を刺激した。

剝き出しの先端が鷹介の喉奥に届く。ぬるぬると粘膜が擦れる感覚が直を一気に昂《たかぶ》らせた。

「……お、すけ、さんっ」

腰の奥がずくずくと疼《うず》く。

こみ上げてくるものに耐えきれず、直は両手でシーツを握った。

「お、鷹介さっ……出、ちゃ……いそ」

鷹介は直を含んだまま、「出せよ」と言った。

くぐもった低い声が聴覚を犯す。

先端の割れ目に舌がねじ込まれた瞬間、直は「ひっ」と短い悲鳴を上げ決壊した。

「いっ、あぁぁ……っ！」

イくと伝えることもできないまま、鷹介の口内に精を放った。

びくびくと腰を震わせて射精の余韻に耐えていると、鷹介は細い管に残った残滓をじゅるっと音をたてて吸った。

「い……っ！」

残りの精液が、強制的に尿道から吸い上げられる。吐精の途中で、一層強烈な快感の波に見舞われ、直は一瞬意識を飛ばしてしまった。

鷹介が口元を拭いながら「大丈夫か」と問いかける。

虚ろに天井を見つめたまま、小さく頷くのが精一杯だった。

「気持ちよかったか？」

「はい……すみませんでした」

「ん？」

「だからその……間に合わなくて」

口の中に出してしまったことを詫びると、鷹介は「あのなあ」と口元を緩めた。

「俺は嫁をもらったらこれでもかと可愛がって、呆《あき》れるくらいべったべたに甘やかすと決めていた。前にそう言っただろ。忘れたのか」

「やっぱりおれ、鷹介さんの嫁なんですね」

「嫌なのか」

眇《すが》めた瞳の奥に、不安と不満が揺れている。傲岸不遜な口ぶりや態度の合間に、時折こうして垣間見える大人の弱さが直の本能を擽る。

不意にそんな仔犬の目をされたら、誰だって落ちてしまう。

なんだかちょっとずるい。

「嫌なわけないじゃないですか」

嫁なんて冗談だろと最初は思っていたけれど、今はようやく手に入れたそのポジションを誰にも譲るつもりはない。

「おれ、一度だって嫌だと思ったことないです。鷹介さんに手で……された時も、この間の壁ドンも、キスみたいなのも」

「みたいじゃなくて、キスだろあれは」

「やっぱりキスだったんですね」

パッと目を輝かせると、鷹介は脱力したように「やっぱバカだ」と呟いた。

「とにかく嫌だとは思いませんでした。第一鷹介さんみたいに横柄で横暴で、口を開けばバカだの駄馬だのロバだの暴言ばっかり吐くような人の嫁、誰にも勤まりませんから。世界中探したっておれしかいませんから」

「俺はお前以外の相手には横柄でも横暴でもない。暴言も吐かない」

「なんでおれだけ！」

キッと睨むと鷹介は、なぜか意味ありげに口元を歪《ゆが》め「それはな」と囁いた。

「お前が特別だからだ」

「特別？」

「そう。お前は俺の特別だ。特別なバカだから、特別に苛《いじ》めて、特別に可愛がる」

「………」

嬉しいような、嬉しくないような。

でもやっぱり嬉しい。鷹介の特別になれるのは、すごくすごく嬉しい。

「じゃあ早く可愛がってください」

「ん？」

「早く……特別に可愛がられたい」

囁きでお願いすると、鷹介は一瞬呆《ほう》けたように口を半分開け、ふるふると頭を振った。

「無自覚な性悪ほど手に負えないものはない」

「え？」

「煽《あお》ったのはお前だからな」

「え、あ、うわっ」

俯《うつぶ》せに転がされ、辛うじて腕に絡まっていたスエットを剝ぎ取られた。文字通り一糸纏わぬ姿の直を、鷹介は背中から抱きしめた。

「そうだ。あれ、どうする」

肩越しに鷹介が囁いた。

「あれ？」

「これ」

鷹介がベッドサイドテーブルの引き出しから取り出したショッキングピンクのそれに、直はぎょっと目を剝く。

「攻撃的なほどの刺激が、きっとあなたを虜《とりこ》にするそうだが、どうする？」

「こ、攻撃的な刺激はまだちょっと。ていうかまだ捨ててなかったんですか」

「一応持ち主の承諾を得ないとな」

勝手に箱を開けて中身を『結の矢』と入れ替えたくせに、よくもまあぬけぬけとそんなことが言えたものだ。

「せっかくですけど遠慮します」

「それが賢明だ。こんなもの使わなくても、俺ので気持ちよくしてやる」

卑猥な囁きに、直の体温は一気に上がった。

前に回った手が肉の薄い腹や、快感を覚えたばかりの胸の蕾をまさぐる。

「あっ……ん」

肩胛骨《けんこうこつ》の形を確かめるように背中を舌でなぞられ、ひくんと顎が上がった。

下腹から叢《くさむら》に下りてきた手が、今さっき精を放ったばかりの直に触れる。軽く握り込まれ

ただけなのに、簡単に力を取り戻してしまう素直さが恥ずかしかった。

熱い吐息を伴って、唇が背中から腰へ、双丘へと下りてくる。

尾てい骨のあたりをちろちろと擽っていた舌が、やがて秘めた孔へと向かう。

鷹介の意図を察した直は、慌てて半身で振り返った。

「や、やだっ、それ」

半べそで逃げを打つ直の腰を、鷹介は両側から挟むように掴んだ。

「どうして」

「だって……」

「舐めて解《ほぐ》さないと、入らないだろ」

頭ではわかっている。だけど恥ずかしくてたまらない。

「怖いなら、無理にはしないぞ？」

低く尋ねる声は蕩《とろ》けるように甘く優しい。あの日口の中に放り込まれた千歳飴のように。

「怖く……ないです」

死ぬほど恥ずかしいけれど、怖くはない。

鷹介が好きだ。鷹介が欲しい。

愛と性欲は一体だと言った鷹介の気持ちが、今ようやく理解できた気がした。

物心ついてから誰にも触れさせたことのない場所を、鷹介の舌が這う。

くち、くちっと卑猥な水音が響いていたたまれない。

ぐうっと双丘を広げられ、露《あら》わになった襞《ひだ》を舌先が擽った。

「あぁ……ん」

思わず湿った声が漏れる。直は枕に額を押しつけ、全身をぞくぞくと駆け巡る快感の波に耐えた。ぬちっと音をたてて舌が挿し込まれる。

「あっ……はぁ……」

濡《ぬ》れそぼった嬌声は、自分の声じゃないみたいだ。言葉にしなくても、すごく感じていることは伝わったのだろう。鷹介は狭い器官の入り口に舌の抽挿を繰り返した。

「ああ……やっ……」

ぬるぬると滑っているのは鷹介の舌なのに、まるで自分が感じすぎてそこが濡れてしまったような錯覚に襲われる。

「指入れるから、辛かったら言えよ」

シーツを握り締めながらカクカクと頷くと、男っぽく節だった指が入ってくる。

「うっ……」

「息を詰めるな。ゆっくり呼吸して」

言われたようにゆっくり深く息をすると、「そう、上手だ」と褒めてくれた。

それだけのことなのに、なんだかとても嬉しくて、異物感が徐々に和《やわ》らいでいく。

「……あぁ……」

人差し指だろうか中指だろうか。長い指が、舌では届かなかった場所をぬちぬちと擦る。何かを探すように彷徨《さまよ》っていた指がそこに触れた瞬間、直はびくんと背中を反らせた。

「ここか」

「な……に、今の」

「ん？　直の感じる場所」

そう言って鷹介は、直が反応した場所をくりくりと擦るように押した。

「あ、あぁ……やぁ……」

嫌だと言ったのに、鷹介はそこばかりをしつこく刺激した。

「そ、こ、ダメッ……」

早鐘のような鼓動に合わせて、そこに血が集まってくる気がする。

「すごいな、また勃ってきたぞ」

「……え」

中心に視線をやると、触れられてもいない中心は下腹に付くほどまで勃起し、とろとろといやらしい蜜をシーツに零していた。

「おれ、なんか……おかしくなっちゃったかも」

肩越しの鷹介に、半べそで訴えた。

鷹介はクスッと笑いながら「もっとおかしくなれよ」と囁いた。

ずるりと指が抜かれる。鷹介は少し乱暴に、着ていたものを床に脱ぎ捨てた。

「仰向けになれるか」

「……はい」

おずおずと身体を反転させた直の目に、全裸の鷹介が飛び込んできた。

――うわ……。

初めて目にする鷹介の勃起したそこから、思わず目を逸らした。

「解さないで挿れたら怪我させるからな」

自信たっぷりなのは憎らしいけれど、まんざら冗談でもなさそうな大きさだった。

鷹介は直の垂らした蜜で自身を濡らすと、先端を直の秘孔に押し付け、ゆっくりと挿入を始めた。

さすがの大きさに最初はなかなか受け入れられず、直は少しだけ泣いた。けど鷹介が「大丈夫か」と何度も聞いてくれるから、痛くても苦しくても耐えられた。

カリの張った先端が入ってしまうと、一気に楽になった。

「もう痛くないか」

「平気……です」

さっき教えられた感じる場所を、今度は鷹介のものでぬるぬると擦られた。

「……ぁぁ……ん」

そこをされると、声を抑えることができない。

「気持ちいいか？　直」

いつもの低い声がほんの少し掠れていて、鷹介も感じてくれているのだとわかった。

「気持ち、いい……です」

「どこが一番いい？」

「当たってる、とこ、鷹介さんのが」

「俺の何が？」

そんなこと言えないと顔を背けると、「ちゃんと言え」と顎を摑まれた。

「意地、悪」

こうして顔を見合わせているだけで、身悶《みもだ》えするほどの羞恥に襲われるのに。

「鷹介さんの……」

悶死覚悟で恥ずかしい言葉を口にすると、鷹介は満足げに微笑んだ。

「ここか？」

硬く熱いものでぐりぐりと突かれ、直はたまらず手足を突っ張らせた。

鷹介の身体が覆い被《かぶ》さってくる。

「あっ……ああ、鷹介さ……」

「直……いい？」

「当たる……あ、当たっちゃう、から……ああ、ん」

「直……っ」

鷹介の声から次第に余裕が消えていく。端整な目元に、淫靡《いんび》な色が浮かんだ。

「鷹介さん、もっかい、言って」

「何を」

「さっき、お風呂入る前に、言ったこと」

もう一度、いや何度でも言って欲しいから。

「お前、ここでそれを言うか」

「だって、聞きたい」

鷹介は「特別だぞ」と小さく舌打ちをし、直の身体をこれでもかと強く抱いた。

「好きだ、直」

「鷹介さん……」

やっと鷹介の特別になれた。嬉しすぎて涙が滲《にじ》んだ。

「おれも好き。大好き」

「知ってる。とっくに」

きつく抱きしめられた。抱きしめ返した背中が、汗でしっとりと湿っていた。

「直の中、温かいな」

「鷹介、さん……も、気持ち、いい？」

「いいに、決まってるだろ」

鷹介の呼吸が乱れながら次第に速まる。

劣情を煽られ、直は広い背中に爪を立てた。

「お、すけさんっ……、あ、あぁ……」

「直……」

「ん、ああ……また、なって……きちゃった」

喘《あえ》ぎながら訴えると、鷹介は直のいいところを突きながら、ふたりの下腹に挟まれた直の昂りを握り、激しく擦り上げた。

「やっ、そこ、したらっ……イッ、ちゃう」

「イけよ、直」

「あ、ああ、っ……アッ！」

目蓋《まぶた》の裏が白んだ。

ドクドクと間欠的に、精を撒《ま》き散らす。

直は全身を硬く突っ張らせ、恐ろしくなるほどの快感に耐えた。

どこか深い場所へ落ちていくような感覚に、目の前の身体に縋《すが》りつく。

「直……くっ……」

鷹介が低く呻《うめ》き、動きを止めた。熱い迸《ほとばし》りを最奥に感じ、鷹介も達したのがわかった。

幸せが身体中に満ちていく。

「鷹介さ……ん……」

——好きです。

もう一度ちゃんと伝えたいのに意識が遠のいていく。

「お前は俺の嫁だからな」

耳元で鷹介の囁きを聞きながら、直はひと時意識を手放した。


みな美から「付き合って欲しい場所がある」と連絡があったのは、鷹介と結ばれた三日後のことだった。みな美から一方的かつ強引に呼び出されるのは珍しいことではない。大抵はネットで見つけた食べ放題の店に一緒に行って欲しいだとか、探しているブティックが見つからないから一緒に探してくれだとかいう無邪気で無害な用事だが、ごくたまに巫女のバイトの代打などという変化球が来るので気が抜けない。

待ち合わせた大学近くのカフェに、みな美はすでに来ていた。

「お待たせ」

「遅い。十分遅刻」

「ごめんごめん」

今朝、一限に間に合わせようと慌ただしく玄関を飛び出した直は、参道の掃き掃除を終えた鷹介に呼び止められた。

『そんなにバタバタして、忘れ物ないのか』

『大丈夫です』

『気をつけて行けよ』

はい、と答える前に、唇を塞がれた。

いってらっしゃいのキスだと気づいた時には、鷹介はもう背中を向けてしまっていた。

――なんか、新婚みたい……。

火照る頬を両手で押さえていると、『早く行け、バカ』と怒られた。

ダッシュで駅に向かいながら、ふと鷹介の唇が冷たかったことを思い出した。十二月に入り、朝夕の気温がぐっと下がってきた。明日から朝食のメニューに温かいシチューでも加えようかと料理サイトを検索していたら、待ち合わせ時間を過ぎてしまった。

「でもま、こっちが呼び出したから許す」

「ほんとごめん。ここ奢《おご》るよ」

「いいって。それより早く行こ」

みな美は飲みかけのコーヒーをトレーに載せると、ジャケットを羽織った。

「おれ、まだ行き先聞いてないんだけど」

ふふ～ん、と持たせぶりにみな美が振り返った。

長い睫毛がくるんとカールしている。よく見ると、いつもより化粧が念入りだ。

「行けばわかるよ」

「着くまで教えないつもりなのかよ」

「教えたら直、絶対逃げるから」

クラスの女子たちが騒いでいたスイーツの店だろうと当たりを付けてきたが、どうやら違うらしい。

「逃げたくなるようなところなのか」

「逃がさないけどね」

「いや、だから――おい待てって、みな美」

直は、スタスタと店を出ていく幼なじみの背中を追った。

地下鉄に乗り込んだ時、予感は多少あった。この十日間、直が毎日通学に使っている路線だったからだ。ただどこかに「まさか」という気持ちもあり、下車するまでは黙っていようと思った。

しかしその駅の名前がアナウンスされると、みな美は「ここで降りる」と言った。「やっぱり」と「どうして」が胸でせめぎ合った。

「なあ、行き先って、坂の上神社？」

改札を通り抜けたところで思い切って尋ねた。

みな美は前を見たままこくんと頷いた。横顔がほんのり赤い。

「あのね、直にお願いがあるの。今度こそ本当に本当の、一生のお願い」

「……なに」

「この間言いそびれたんだけど、私、好きな人ができたの」

胸に黒い雲が広がっていく。

「……うん」

「それでね、今から『結の矢』を使おうと思って。この道を歩いている時点で相手、バレちゃってると思うけど」

何か話さなきゃと思うのに、言葉が出てこない。

「今年の春、うちのお姉ちゃんとこに赤ちゃんが生まれたでしょ、俊太《しゅんた》」

「……うん」

「夏に、初宮参りを坂の上神社でしたの。私は本殿には入らずに外からお祓《はら》いを見ていたんだけど、宮司さん――久島さんがものすごく格好良くて……ひと目ぼれだった」

狩衣姿でお祓いをする鷹介の神々しさに目を奪われたのは、直だけではなかったらしい。

しかもみな美の方が先だった。

「俊太がずっとぐずって泣いて、お姉ちゃんもお兄さんもおろおろしてるのに、久島さんが笑顔で『大丈夫ですよ。おむつが汚れているようでしたら遠慮なくおっしゃってくださいね』って言ってくれて……ホント優しくて、堂々としていて」

寝ても覚めても鷹介のことばかり考える毎日だったという。親しくなるきっかけが欲しくて巫女の助勤に申し込んだが、思った以上の高倍率だった。

「ようやく順番が回ってきたっていうのに、突然練習試合が入っちゃって……」

ほっぺたが落ちるくらいいい男なんだから――。あの日みな美はそう言っていた。

軽い冗談のような口調は、彼女なりの照れ隠しだったのだ。

昔から真剣な時ほどふざけて茶化す癖《くせ》があった。翌日パスケースを探しに行った時も、内心ではきっと胸をときめかせていたはずだ。

――気づかなかった。

神社に上る坂が近づいてくる。

――言わなきゃ。

けどどう切り出せばいいのだろう。

「実はこの間、『結の矢』を授かりに来たの。その時久島さんと少しだけ話せたんだ。私が直に助勤の代打頼んだこと、ちゃんと謝ったら笑って許してくれた。狩衣でもなく白衣でもない、普段着の久島さん、本当にめちゃくちゃ格好良かったよ。『恋が成就しますように』って言って『結の矢』を手渡してくれて……もう心臓ばくばくだった」

ふふっと口元を覆うみな美は、直のよく知る強気で姉御肌の彼女ではなかった。

恋に落ちた、普通の女の子だった。

みな美はポケットから『結の矢』を取り出した。中のお札にはすでに鷹介の名が記されているのだろう。

「直、お願い。私が久島さんに気づかれずにタッチできるように、協力して欲しいんだ」

「協力って……」

「何もしなくていいの。久島さんを見つけたら私が声かけるから、直は『この間はすみませんでした』みたいな感じで世間話っぽくしゃべってて。直と久島さんがしゃべってる間に私、頑張って久島さんにタッチするから」

みな美にはずっと、幸せになって欲しいと思っていた。直の性指向を知っても、幸への思いに気づいても、みな美は一切態度を変えることなく傍にいてくれた。

直は直じゃん。あの時のみな美の声を、今もまだ覚えている。

『結の矢』は魔法のお守りなどではない。みな美の願いが通じるかどうかは、神さまの気持ちひとつだ。わかってはいても、やっぱり「うん」とは言えない。

だけど今ここで事実を突きつけることにも躊躇いがある。直が今、坂の上神社で鷹介と新婚同然の生活を送っていることを知ったら、みな美はきっと深く傷つくだろう。

――よりによって同じ人を好きになるなんて……。

あっという間に階段の上り口まで来てしまった。

「あのさ、みな美、実はおれ――」

意を決した時だ。階段の上に人影が現れた。

白衣に紫色の袴。

凛《りん》とした長身のシルエットは、見紛うこともない鷹介のそれだった。

「久島さん……」

みな美は握っていた『結の矢』を大慌てでジャケットのポケットにねじ込んだ。

鷹介が階段を下りてくる。

みな美は「頼んだからね」と言いたげに直を一瞥《いちべつ》すると、満面の笑顔で階段を上った。

「こんにちは。えーっと……みな美ちゃんだったよね」

長い階段の中腹で三人は向き合う。以前パスケースを探したのとほぼ同じ場所だ。

「こんにちは。名前を覚えていただけて光栄です」

「今日はふたりで参拝ですか」

「いえ……あ、はい、あ、いえ」

要領を得ない答えに鷹介は目を瞬かせ、直とみな美を交互に見やった。こんなしどろもどろのみな美を直は知らない。思いの真剣さが伝わってくるようで胸が痛くなった。

しん、と静寂が三人を包む。

上空でとんびが、ぴーひょろろろと鳴いた。

「あの、宮司さん」

「みな美、あのさ」

口を開いたのはほぼ同時だった。

振り向いたみな美の表情は「どうして協力してくれないの」と詰《なじ》るように歪んでいた。

「何、直」

「今日は帰ろう」

「え、どうして」

「それは……」

答えられない自分が情けなかった。黙り込んだ直に失望したのだろう、みな美は数段上の鷹介に向かってゆっくりと階段を上った。

「あ、落ち葉が付いてますよ」

みな美は左手をポケットに入れ、鷹介の白衣の袖に右手を伸ばした。

「みな美！」

みな美の背中に手を掛けようとした瞬間だった。

鷹介が後ろ向きにすっと一段、階段を上がった。

みな美は驚いたように鷹介の顔を見上げた。

伸ばしたまま行き場を失った右手が、そのままの形で固まっている。

「ごめんね。さっき階段の上から見えちゃったんだ」

「……え？」

「見間違いだったら申し訳ないんだけど、みな美ちゃんがポケットの中で握ってるの、『結の矢』だよね」

みな美の表情がみるみる強《こわ》ばる。

鷹介はやっぱりというように一度頷き、そして打ち明けた。

「俺には好きな人がいます。お付き合いをしていて、ここで一緒に暮らしています。だから他の誰かの気持ちには、多分一生応えられません」

「そ、そうだったん……ですね」

伸ばしていた右手をだらんと下ろし、みな美はうな垂れた。

ごめんなさい、と鷹介は深々と頭を下げた。

「ご結婚……なさるんですか」

震える声でみな美が尋ねた。

「いえ、結婚はできません。男同士なので」

「鷹介さん！」

思わず叫んでしまった直を、みな美が驚愕《きょうがく》の眼差《まなざ》しで振り返る。

「鷹介さん、って……」

鷹介と直を交互に見ながら、みな美は次第にその表情を歪めていった。

「まさか……嘘だよね、直」

縋るように見つめられて、直は唇を噛みしめた。

「俺と直は、先週からここで一緒に暮らしています」

「ちょっと待って、鷹介さ――」

「籍は入れられませんが、事実上の結婚だと俺は思っているので」

「鷹介さん！」

「直もそのつもりなんだよな」

はっきりと意志を持った強い目で見つめられ、直は言葉を失った。

どうして今それを言うのだろう。自分に告白をしにきた、みな美の目の前で。

「なんだ、そうだったんだ、知らなかった。直、ひと言も言ってくれないんだもん」

「みな美、違うんだ、これは――」

みな美の瞳が潤んでいる。直は必死に掛ける言葉を探した。

「帰るね」

「待てって、みな美！」

タタタッと階段を駆け下りていく背中を追おうとすると、後から二の腕を摑まれた。

「追いかけてどうするんだ」

「どうって、事情をちゃんと説明しないと」

「事情なら今俺が説明した。彼女は正しく理解した」

直は鷹介を睨み上げた。

「言い方ってものがあるでしょ！」

「どんな言い方をすればいいんだ。オブラートで包《くる》んだって毛布でぐるぐる巻きにしたって、結局のところ同じだ。だったら最初から正確な言葉で事実を伝えた方がいいだろ」

みな美の背中がどんどん小さくなっていく。

「鷹介さんにはわからないんだ」

好きな人に振り向いてもらえない辛さが。

「ああわからない。お前の思考回路がな」

「っ……」

「違うんだって言ったよな。お前、俺と付き合ってるだろ。ここで暮らしているだろ。何がどう違うんだ」

鷹介は正しい。いつだって正しくて強い。

だけど人はいつも正しさや強さだけで生きているわけじゃない。

「離してくださいっ」

直は鷹介の手を振り払った。早く追わないと、みな美の背中が見えなくなってしまう。

「追いかけてどうするんだ。お前が彼女の立場だったら、追ってきて欲しいか？」

鷹介の問いかけに、直はハッとした。

「追いかけてどんな言葉をかけるつもりだ。言葉だけじゃない。彼女が望む結末を、お前は用意してやれるのか」

「おれは……」

「誰も傷つけずに、なんてのはエゴなんだよ、直」

「でも、それでもおれは――あっ」

視線先でみな美が転んだ。よろよろと立ち上がり、涙を拭って歩き出した。

「みな美！」

直は階段を駆け下りた。

掛ける言葉なんてない。だけどみな美をこのままひとりで帰らせるわけにはいかない。

エゴでもなんでも構わない。泣いているみな美を放っておけない。

階段を下り切ったところで「直」と呼ばれた。

「もう帰ってこないつもりなら、荷物まとめて持っていけ」

ぞっとするほど冷たい声だった。

「後で取りに来ます」

絞り出すように答え、直はふたたび踵《きびす》を返した。


「え、今夜？」

母からの電話に、直は驚きに声を裏返した。土曜の午後のことだった。

『そうなの。あの子は昔からやることがいつも突然なのよね。とにかくもう羽田らしいから、夕方にはこっちに着くって』

父も母も、今夜は遅くなる予定だった。

『ごめんなさいね。お父さんもすぐには帰れないって言うから、夕食は何か店屋物でも取ってちょうだい』

「大丈夫。幸とふたりで何か作るよ」

『それがふたりじゃなくて三人なのよ。坂口《さかぐち》さん連れてくるそうだから』

「坂口さん？」

『雄大《ゆうだい》さんよ。直も幸から聞いてるでしょ？』

スマホを握ったまま直は固まった。

『家族にきちんと紹介したいんだって』

なるべく早く帰るからと、母は電話を切ってしまった。

「嘘だろ……」

誰もいない休日のリビングで、直はソファーに沈み込んだ。

坂の上神社の階段で鷹介を振り切ってまで後を追ったのに、結局みな美と話すことはできなかった。通りでタクシーを拾ったみな美は車内で直からの着信を拒否し、四日経った今日もまだ電話に出てくれない。送ったメッセージも未読のままだ。

鷹介からも連絡はない。直からもしていない。

売り言葉に買い言葉だった。まるでどさくさに別れを突きつけられたみたいでカッとなった。啖呵《たんか》を切るように「後で取りに来る」なんて答えてしまったけれど、もちろんそんなつもりはなかった。四日も声が聞けない状態になるとは思ってもみなかった。

『もう帰ってこないつもりなら、荷物まとめて持っていけ』

考えれば考えるほど、別れの台詞だ。そしてそれを受け入れるような答えを返した自分。

――バカじゃないのか、おれは。

みな美に謝ることもできず、鷹介とも音信不通だなんて。

昨日、集から電話があった。実家に戻っているのだと言うとひどく驚いていた。自分のせいなのかと尋ねる集に、直はここに至った経緯をかいつまんで話した。

『そっか。鷹介がそんなことを』

『おれが悪いんです。みな美にいい顔しようとして、結局傷つけて』

『いい顔したわけじゃないだろ。直くんも鷹介も、ふたりともみな美ちゃんのことを思ってそう言ったんじゃないの？　伝え方が少し違っただけだよ』

『加賀谷さん……』

『俺だって直くんにあんなにあっさり振られて、結構辛かったけどさ』

クスッと笑われて、直は青くなる。忘れていたわけではなかったのに。

『すみません……』

『いいんだ。うじうじされたり二股《ふたまた》かけられるより、さくっと振ってもらった方が痛くない。ほら、うち酒屋だから自棄酒《やけざけ》は売るほどあるからね』

集の優しさに、直は目頭を熱くしながら笑った。

『鷹介も今頃、心にもないこと口走っちまったって後悔してるんじゃないかな。あいつ口の悪さは天下一品だけど、感情に任せて物を言う男じゃないから』

『それだけ本気で怒ったってことですよね』

『違うよ。それだけ本気で直くんのことが好きだってことだよ』

集はそう言って慰めてくれた。

ごめんなさい。そうひと言謝って胸に飛び込めば、鷹介は受け止めてくれるだろうか。だけどそれはあまりに自分勝手ではないか。

迷いと後悔は日増しに大きくなり、直の心を押し潰していった。

――本当にもう会えないのかな……。

取り返しのつかないことをしてしまったかもしれない。

重苦しい不安が、どんどん膨らんでいった。

「ただいまー、あれ、誰もいないのかな」

玄関から幸の声がしたのは、午後六時を過ぎた頃だった。

ソファーでうたた寝をしていた直は、飛び起きて居住まいを正した。

「なんだ、直、いたのか」

リビングの電気を点《つ》けた幸は、ソファーの直を見つけて目を見開いた。

「おかえり。ちょっとうとうとしてた」

「起こしちゃったのか。ごめんごめん」

幸の後から、背の高い男がぬっと入ってきた。

「紹介するよ。弟の直。直、こちらが雄大さん。札幌で一緒に住んでる」

「初めまして。坂口雄大です」

「……初めまして」

兄がお世話になっています。先日札幌のアパートにお伺いしたんですけれど時間がなくてお目にかかれず残念でした——。母から電話をもらってから、直なりに挨拶をまとめていたのに、うたた寝のせいで全部飛んでしまった。

「父さんも母さんも遅いんだって？」

「うん。お寿司でも取ろうか？」

「いいよ。俺が何か作る。冷蔵庫に何か……お、鶏肉がある。直、鶏の照り焼きでいいか」

「なんでもいい」

「じゃあ決まり。あ、雄大さん、荷物こっちに置いてそのへんに座ってて」

普段口数の少ない幸が、ひとりでしゃべっている。初対面の雄大と直が、気まずい雰囲気にならないように気を遣っているのだろう。やはり幸の必死さに気づいているらしく、雄大は苦笑しながら「失礼します」と直から一番遠いソファーに腰を下ろした。

——この人が……。

バイクに乗り、家では眼鏡を使用し、ブドウがあまり好きではない人。

何度も想像しようとして、上手く思い描くことができなかった幸の恋人。

浅黒い肌はツーリングの賜《たまもの》だろうか。素朴だけれど強く真っ直ぐな瞳が、じっと直を見つめる。とりたてて美男子ではないが、広々とした北の大地のように大らかで誠実な人柄が伝わってくるようだった。

「直くん、あのね」

斜め向かいの雄大が沈黙を破るのと同時に、キッチンから幸が顔を出した。

「醤油《しょうゆ》がなくなってたから角のスーパーで買ってくるよ」

「お、おれが行く！」

直はぴょんと立ち上がった。

「俺が買ってくるよ」

雄大も立ち上がった。

「それじゃふたりで行ってきて」

「えっ」

想定外の答えに固まった直だが、雄大は落ち着いていた。

「そうだな。直くん、せっかくだから一緒に行こうか」

「え、でも……」

せっかくの意味がわからない直に、幸は「よろしく」と言ったきりキッチンに引っ込んでしまった。

——どういうつもりだよ。

直は仕方なく雄大と連れだって玄関を出た。

「本当は先週来る予定だったんだけど。直くんが留守だって聞いて今週にしたんだ」

「すみません、ゼミの自主合宿で」

余計な気など遣わず、先週にしてくれればよかったのに。

気まずさに、直はスニーカーのつま先ばかり見ていた。

「さっき、初めましてって言ったよね、俺」

「ええ」

「あれ、嘘なんだ」

直はのろりと顔を上げた。

「直くんとは、初めましてじゃないんだ。実は」

「えっと……どういう」

以前にどこかで会ったことがあるということだろうか。

「きみは俺の横顔をほんの一瞬見ただけ。俺もきみの横顔をほんの一瞬見ただけ。その場には幸もいたけど、あいつだけは気づいてなかった」

「あっ……」

あの時だ。唐突に記憶が遡《さかのぼ》っていく。

中学二年の夏。幸とキスをしていた背の高い男。

「思い出してくれた？」

直は赤くなりながら小さく頷いた。

「あの時はホントに焦ったなあ。弟に見られたなんて知ったら絶対動揺すると思ったから、幸には言えなかった。あいつきみのこと、ちょっと嫉妬するくらい大事に思っているから」

「あの頃からずっと兄と付き合ってるんですか」

「ずいぶん喧嘩もしたけど、こうしてずっと続いてるね」

「喧嘩、ですか」

直は幸と喧嘩らしい喧嘩をしたことがない。

「ああ見えてあいつ、案外芯が強いというか言い出したら聞かないところあるから」

「あー、なんかちょっとわかるというか」

「だろ？」

直の顔を覗き込むように、雄大が笑った。

「今度のことだって、急すぎるって俺は止めたんだけど」

「札幌に引っ越したことですか」

雄大は苦い顔で頷いた。

「あいつを心配させてしまった俺が悪いんだけどね」

半年ほど前、雄大は札幌郊外でバイク事故を起こした。単独事故で、幸い大きな怪我《けが》はしなかったのだけれど、救急搬送されたという一報に、幸は我を失うほど動揺したという。

「それまで一年くらい遠距離恋愛ってやつだったんだけど、あの事故で幸、もうこんな思いをするのは嫌だ、離れて暮らすなんて無理だって、会社も辞めちまって」

それであんなに突然、幸は札幌行きを決めたのだ。

「きみやご両親には本当に申し訳ないと思っている」

「あの、兄とのことを、父と母は」

「あっちに引っ越すことが決まった段階で、幸が話したそうだ」

「そう……だったんですか」

「幸をよろしくお願いしますって言われたよ。ひと言も責められなかった。本当に……本当にありがたかった。あんな素敵なご両親だから、幸はあんなに素敵な男に育ったんだなと思った」

雄大の声が潤んでいた。

ああいい人だなと、初めて掛け値なしに思うことができた。

自分も言わなくちゃ。兄をよろしくお願いしますと。

けれどタイミングを計っている間に、スーパーに着いてしまった。

「あの――」

「直くん、醤油ってなんか決まったのある？　減塩とか」

「え？　ああ……普通のでいいと思います」

「よし、行こうか」

肩を叩かれ、直はタイミングを逸してしまった。

家に戻り、三人で夕食を済ませた。気まずさで窒息するんじゃないかと思っていたのに、時々アイコンタクトのように微笑み合うふたりを見ても、心が乱れることはなかった。幸せそうな幸の笑顔に、心は乱れるどころか穏やかに凪《な》いでいった。

鶏の照り焼きは甘くて味が染みていてとても美味しかった。あとで是非《ぜひ》レシピを教わろうと思い、ハッとした。もう鷹介に手料理を披露することはないかもしれない。

その事実にずんと胸の奥が重くなった。

母が先に帰ってきて、時間を置かずに父も帰宅した。

「そこで会ったんだ。遠慮しないで入りなさい」

「あら、みな美ちゃんじゃない。どうしたのこんな時間に。入って入って」

――みな美？

直はバタバタと玄関に向かった。

よっ、とバツが悪そうに、みな美が片手を上げた。

よっ、と直も照れ隠しに片手を上げた。

「みな美、ごめ――」

「謝ったら殺す」

みな美はきっぱりと言った。

「正直ショックだった。いっぱい泣いた。でも今は、直でよかったって心から思ってる」

「みな美……」

「だって久島さんだよ？　あんなに素敵な人だよ？　私めちゃくちゃ本気で好きだったんだから。嫌なやつだったら蹴落としてやるところだけど、直なら仕方ない」

みな美はほんの少し言葉を詰まらせた。

「直が私だったら、きっとそう言ってくれると思ったから。運悪く同じ人を好きになっちゃったけど、そうじゃなかったら直はきっと、誰より私を応援してくれる……でしょ？」

「当たり前だろ」

「だから今まで通り友達でいて。失恋は辛いけど、直と話できないのはもっと辛い」

みな美はそう言って右手を差し出した。

「おれも」

差し出されたみな美の手を握った。気が強くて姉御肌で何かとうるさい幼なじみだけれど、その手は紛れもない女の子の、柔らかで優しいそれだった。

「ていうか直、なんでここにいるの？　久島さんは？」

「うん……」

どこから話そうかと逡巡《しゅんじゅん》していると、リビングから幸の声が飛んできた。

「おい、何やってんだふたりとも。みな美ちゃん、寒いから早くドア閉めて上がって」

幸にせっつかれて、みな美は「それじゃちょっとだけ」と靴を脱いだ。

北海道土産のケーキを六人で賑やかに食べた。久しぶりの団らんに、父も母も、普段ははしゃいだりしない幸までもが上機嫌だった。父が雄大に酒を勧める。互いに日本酒好きだとわかり意気投合するふたりに、幸が「飲みすぎないでよ」と苦笑した。

「美味しいね、このケーキ。生地がしっとりしてて生クリームが上品で」

みな美がうっとりと言った。そうだなと相づちを打ちながら、美味しいケーキってこういうものだよなと思った。ラップもせずに何時間も放置されて、パサパサになったパンケーキを、鷹介は「美味しい」と言ってくれた。

——鷹介さん……。

押し寄せてくる感情に、フォークを持つ手が止まった。

大人たちの酒盛りを眺めていたみな美が、直を肘《ひじ》で突いた。

「なんだよ」

「さっきの話。なんで直ここにいるのよ。まさかあれから久島さんとぎくしゃくしてるんじゃないでしょうね」

ぎくしゃくどころか一度も会っていない。否定しない直に、みな美は目を剝いた。

「冗談でしょ？　私が原因で喧嘩とか、絶対ダメだからね」

「みな美のせいじゃないよ」

「でも……」

「本当に違うから。おれが悪いんだ。みな美、おれさ」

今から鷹介さんに謝りに行こうと思うんだ。そう言おうとした時だ。

「直、これ、この前お前がバイトした神社のすぐ近くじゃないか」

幸の声に直はリビングを振り返った。

日本酒を酌み交わす父と雄大の横で、幸がテレビのボリュームを上げた。

『――町の民家から白煙が上がっているのを通行人が見つけ通報しました。東京消防庁のポンプ車など五台が出動し、この家でひとり暮らしをしている八十歳の女性が救助され――』

幸の言う通り、坂の上神社のある町の名前だった。

「この頃空気が乾燥しているわよね。我が家も火の用心ね」と母が眉を曇らせた。

『幸い女性に怪我はありませんでしたが――』

テロップの名前に、直はハッとした。

佐藤《さとう》キヨコさん（八十歳）。

――キヨ婆ちゃんだ。

『この火事で、佐藤さんを助けようとした、坂の上神社の宮司・久島鷹介さんが火傷《やけど》を負い病院に搬送――』

「なっ……」

直は弾かれたように立ち上がった。頭が真っ白になった。

——火傷って……そんな、どうして。

無言のまま玄関に走る直を、みな美が追ってきた。

軽症だって言っていたから落ち着いて、今タクシー呼ぶから、おばさんたちには私から上手く説明しておくから——。みな美がかけてくれる言葉がひとつも頭に入ってこなかった。

「直、送る。車の方が早い」

手が震えてスニーカーの紐《ひも》が結べず、もたつく直を追い越して先に玄関を出たのは幸だった。手に父の車のキーを持っている。

「火傷をした宮司さんのところに急いで行きたいんだよな。父さんも雄大さんも飲んじゃって、今運転できるのは俺だけだから」

「幸……」

「いいから早く。行くぞ」

幸に促され、直は大きく頷いた。

搬送先の病院がわからないので、とりあえず坂の上神社に向かうことにした。車の中で、幸は何も聞かなかった。黙ったまま、これ以上ないくらい急いでくれた。その気遣いが温かくてありがたかった。

窓の外を夜の街が流れていく。

——鷹介さん……。

軽症だとみな美は言った。でもニュースが間違いで、本当は重症なのかもしれない。白い包帯を全身に巻かれた鷹介の姿が脳裏を過り、直は強く目を閉じた。

どうしてあんなことを言ってしまったんだろう。どうして離れてしまったんだろう。どんなことがあっても離れるべきではなかったのだ。

たとえ喧嘩をして怒鳴り合っても、好きなら離れちゃいけなかった。

『やっぱりお前は筋金入りのバカだ』

憎らしいあの声が蘇る。鷹介の言う通りだ。

こんな単純なことに今頃ようやく気づくなんて、やっぱり自分は筋金入りの大バカだ。

——どうか鷹介さんが無事でありますように。神さまお願い……お願いです！

太腿《ふともも》の上で握った拳が震えた。

「きっと大丈夫だから」

神社に上る坂道で、幸が静かに言った。

「雄大さんがバイクで事故った時、俺、すぐに札幌の病院に飛んでいった。飛行機の中でずっと『結の矢』を握り締めていた。神さまはいる。祈ればちゃんと通じるから」

ふたりを結んでくれた『結の矢』を、幸はお焚《た》き上げせず手元に取ってあると言っていた。

『結の矢』は縁を結んでくれただけではなく、雄大の命も助けてくれた。そう思っているのだろう。

どんな気持ちで札幌に駆けつけたのか。

その時の幸の気持ちが、今の直には痛いほどわかった。

「ありがとう、幸」

ようやく着いた駐車場で、慌ただしくシートベルトを外しながら礼を告げた。

「きっと大丈夫だから」

幸はもう一度繰り返した。

「幸、雄大さんに伝えて欲しいことがあるんだ」

「何」

「幸を……おれの一番大好きな兄を、どうぞよろしくお願いいたしますって」

「直……」

幸は目を細め、優しい笑顔で頷いた。

「ありがとう。直にそう言ってもらえるの、ずっと待ってたんだ。でも今はそんなことより早く行きなさいと顎で境内を指され、直は暗い駐車場を全力で駆けた。

——神さま……。

お願いです。他には何もいらない。なんでもします。

だから鷹介さんを奪わないで。鷹介さんを助けて。お願いだから……。

息を切らして拝殿の脇を駆け抜けた時だ。

背後からいきなり二の腕を摑まれた。

「おい」

「うああっ！」

真っ暗な境内で直は悲鳴を上げる。

ついに鬼登場か。それとも悪魔か魑魅魍魎《ちみもうりょう》か。いや待て人間の声だった。賽銭泥棒《さいせんどろぼう》だろうか。驚きと恐怖で、直はへなへなとその場に座り込んだ。

「こ、殺さないで」

鷹介のところに行かなければならない。鷹介の顔を見るまで死ぬわけにはいかない。

渾身の力で摑まれた腕を振り払い、冷たい石畳を這って母屋へ向かおうとした。

「待て、直」

その声に、直は匍匐前進《ほふくぜんしん》を止めた。

地面に俯せたまま恐る恐る振り返ると、肩越しに見覚えのある紫色の袴が見えた。

直はおもむろに視線を上げる。

「おっ……鷹介さん」

「何やってんだ、お前」

「何って、だって、鷹介さん、火事で火傷して――」

病院に搬送されたはずなのに。

「さっきのニュースを観たのか。たいした火傷じゃねえよ」

ほら、と鷹介は白衣の袖を捲《まく》り上げた。

手首にベージュの絆創膏《ばんそうこう》が貼られているが、十センチ四方ほどの小さなものだった。

「そこだけですか」

「ああ。だいたい重症だったらここに戻ってきてないだろ」

「よ……よかった」

全身の力が抜けていく。よかった、本当によかったと、直は涙声で何度も繰り返した。

夕方キヨ婆ちゃんから鷹介のスマホに電話があった。また野菜を持って行けと言われるのだろうと思ったが、耳に届いたのは今まで一度も聞いたことのない、慌てふためいた声だったという。

「仏壇を掃除しようとしてうっかりロウソクを倒しちまったそうだ。運悪く下にあった新聞紙に燃え移って、パニクって電話してきた。俺が駆けつけた時にはカーテンにまで火が回っていた。あと五分遅かったらと思うとぞっとする」

ふと見ると、白衣の肩口に黒い煤《すす》が付いている。キヨ婆ちゃんを救出する時に付いたのだろう。紛れもなく数時間前、鷹介の身に危機が迫った証拠だ。

キヨ婆ちゃんに怪我がなく、火事もぼやで済んだことは不幸中の幸いだった。

本当によかったと、直はもう一度胸を撫で下ろした。

「いつまでも這いつくばってると腹が冷えるぞ。立て」

鷹介が手を差し出した。

「……立てない」

「あぁ？」

「だから立てないんです。腰が抜けちゃって」

「お前なあ」

あの日とまったく同じ会話だと、鷹介は気づいているだろうか。

「ったく、何度腰抜かせば気が済むんだ。全日本腰抜かしチャンピオンか」

深いため息をつきながら鷹介がしゃがみ込む。

しかしあの日と違って、背中を向けず直と向き合っている。

「この間、肥料運ぶの手伝ってやったんだってな。キヨ婆ちゃんが礼を言っていた」

「少しだけです。十分かからなかった」

「その十分が命取りになって、けもの道で迷子になったと。本当にバカだなお前は」

そう言って笑った鷹介の瞳には、今まで見せたことのない優しさが満ちていた。

「前から聞こうと思ってたんだけどな、お前、計算してねえか？」

「計算？」

「いちいち腰抜かして俺の背中に乗っかって、人の腰を脚でぐいぐい締めつけて、ちんこぐりぐり押しつけて」

「お、押しつけてません！」

直は真っ赤になってぶんぶん頭を振った。

「おれ、そんなことしてません」

「した」

「絶対にしてな――んっ」

後頭部に素早く回ってきた手に引き寄せられ、唇を塞がれた。

「んっ……おれ、計算とか絶対に」

「うるさい。ちょっと黙れ」

「っ……ん……」

あろうことか拝殿の前でキスなんて。しかも鷹介は白衣に袴の神職姿だ。

「神さまに……言いつけますよ」

「わざわざ言いつけなくても、神さまにはすべて報告済みだ」

「報告？」

きょとんと首を傾げた。鷹介は袴のポケットから何かを取り出した。

差し出されたのは『結の矢』だった。

「十年前神社を継ぐために戻ってきた時、ここでしか授かれない、特別な縁結びのお守りを

作ろうと考えた。それが『結の矢』だ。思いついた時、俺は自分を天才だと思った。案の定というか当然というか、これのお陰でうちの神社は小さいながらも赤字にならずに済んでいる。でもな」

鷹介は『結の矢』を片手に握り、なぜか少し情けない顔をした。

「まさか自分で自分に頒布する日が来ようとはな」

「自分用なんですか、これ」

「お前がなかなか帰ってこないから、うっかり神頼みに走ってしまった」

「うっかりって、宮司の言うことですか」

「今、神さまに宣言していたところだ。何がなんでもお前を連れ戻すとな。キヨ婆ちゃんの騒ぎがなかったら、今頃お前の家に迎えに行っているところだった」

「……え」

迎えに来た理由を、両親に何と説明するつもりだったのだろう。キヨ婆ちゃんに感謝するべきか文句を言うべきか迷うところだ。

「連れ戻したらすぐさま裸に剝いて、思いつく限りの方法で愛を伝えて、腰が抜けるどころか足腰が立たなくなるほど何度も貫いて、折れるくらい抱きしめて、泣いてもわめいても絶対に絶対に離しません。神さまに、そう誓ったところだ」

そんなあけすけな意思表明をされた神さまに、同情を禁じえなかった。

——でも。

神さまには申し訳ないが、そのストレートすぎる鷹介の告白が嬉しくてたまらない。

直は鷹介の首にしがみついた。

「絶対……本当に絶対、離さないでくださいね」

「神さまに誓ったからな」

「おれ、きっとまたぐずぐず迷ったり、拗《す》ねたりするかもしれないけど」

「バカだからな」

鷹介はクスッと笑い、首にしがみついたままの直をひょいと抱き上げた。

「お前がぐずぐず迷ったら俺がひっぱたいてやる。拗ねたら即げんこつだ」

「ひどい」

「腰を抜かしたら、いつでもこうしてお姫さま抱っこで運んでやる」

「鷹介さ——んっ……」

抱き上げたまま、鷹介はもう一度直の唇を塞いだ。

「……んっ……」

さっきより深い場所まで、鷹介の舌が入ってくる。こんな場所で、なんてバチ当たりなことをと思うのに、極上のキスに蕩かされている自分がいた。

「……ふっ……んっ」

白衣の袖をぎゅっと握る。挿し込まれた舌に自分の舌を絡めると、一気に体温が上がった。目眩《めまい》がするような深い繋がりは、まるで疑似セックスのようだと思った。

欲しかった唇。欲しかったキス。直は溺《おぼ》れるように鷹介の舌を貪った。

と、鷹介が唐突にキスを解き、母屋に向かって歩き出した。

「……鷹介さん？」

「お前、やっぱり天性の性悪だ」

「は？」

「拝殿の前で青姦はさすがにマズイからな。続きはベッドで」

耳元で鷹介が囁く。少し焦ったようなその口調に、直は耳まで赤くした。

寝室に入るなり、鷹介は宣言通り直をつるんと裸に剝いた。

キスで半端に兆してしまったものを、隠そうとする手を遮られた。

「隠すな」

「だって……」

「悪いが今夜は、恥ずかしいとかやめてとか、一切聞けないからな」

言いながら鷹介は、袴、白衣、下着と、衒《てら》いなく床に脱ぎ捨てていった。

きちんと畳むとか重ねるとか、そんな余裕もなさそうだった。

腰の下に枕を宛《あて》がわれ、恥ずかしい場所を鷹介の前に晒した。

感じる場所に印でも付いているのだろうかと思うほど、愛撫は的確だった。腋窩《えきか》から脇腹までのなだらかなラインを擽るような指先が行き来するたび、直はあえかな声で喘いだ。

「……ぁ……んっ」

「直、膝の裏を持て」

「え……」

そんなことをしたら、一番恥ずかしい場所が丸見えになってしまう。半べそで頭を振ると「嫌だは聞かない」と言下に却下された。

「恥ずかし、い」

「恥ずかしがってる直が一番可愛い」

「変態神主」

「それほどでも」

「ドS宮司」

「お褒めにあずかって光栄だ。ほら早く持て」

何を言っても聞く耳を持つつもりはないらしい。直は諦めて身体を丸め、両膝の裏に手を回した。

――こんな格好……。

激しい羞恥に、思わずぎゅっと目を閉じた。

内腿から太腿の付け根にかけて、まんべんなく唇の愛撫を施される。

「……んっ……あっ」

こらえきれず、濡れた声が漏れる。それを待っていたように、鷹介は双丘の狭間《はざま》のきわどい部分に舌先でなぞるように擽った。

「……ぁぁ……」

ふたつの膨らみと最奥の間の薄い皮膚を、ぬるぬると舌が這う。

激しい羞恥を伴って、得も言われぬ快感が込み上げてくる。

「すごいな、直」

「……え」

「溢れてる」

恐る恐る目を開けると、まだ触れられてもいない中心は下腹に付くほどまで育ち、先端からとろとろと物欲しそうに蜜を零していた。

「濡れやすいな、直は」

鷹介はそう言って、幹を伝う蜜を指先で拭った。そのあまりに卑猥な様に、直は思わず目を逸らす。

「そゆこと、言わないでっ……」

「どうして」

「は、恥ずかしいから、です」

「そんなに恥ずかしいのか？」

子供のようにこくんと頷くと、鷹介はクスリと小さく笑った。

また何か意地の悪いことを言われるのだろうと覚悟した直に、鷹介がかけた言葉は予想外のものだった。

「直、そういう顔、他で絶対にするなよ」

「そういう……顔？」

自分は今、どういう顔をしているのだろう。

きょとんと首を傾げると、鷹介は「だから」と呆れたように嘆息した。

「そういう無防備で、可愛すぎて、下半身を直撃するような顔を、あっちでもこっちでもされたら俺は平常心でいられないと言っているんだ」

わかれバカと舌打ちし、鷹介はふたたび直の敏感なエリアを愛撫し始めた。

「あ……やっ……ん」

最奥の孔が唾液で濡らされ、ゆっくりと鷹介の指が挿入された。

長い指が抜き差しされる湿った水音が、鼓膜から直の劣情を煽る。

快感が羞恥を凌駕《りょうが》するのに、それほど時間はかからなかった。この間教えられたばかりのひどく感じる場所を、早く触って欲しくて、うずうずと腰が揺れてしまう。

「そこ、じゃ、なくてっ」

「ん？」

「もうちょっと……」

「もうちょっと？」

わかっているくせに、鷹介はなかなかその場所に触れてくれない。

じれったくて、だけど言えなくて、直は唇を噛むしかなかった。

「触って欲しいところがあるんだろ？」

素直に頷くと、鷹介はなぜか指を抜いてしまった。

「な……んでっ、抜いちゃうの？」

思わず口を突いた不満に、直自身が驚いた。

「もっともっと気持ちよくしてやるよ」

そう笑った鷹介は、今までで一番甘い目をしていた。

鷹介の大きさに慣れるのには、まだ時間がかかりそうだった。それでも前の時のように泣いたりせず受け入れることができた。

痛くないか、大丈夫かと、しつこいくらい確認する鷹介の声が優しくて、直の胸は温かいものでいっぱいになる。

触って欲しくてたまらなかった場所に、ようやく鷹介が届いた。

「あっ、あっ、そ、こっ」

「ここがいいんだよな、直は」

鷹介の先端が、ぐりぐりとそこを擦り上げる。直はたまらずシーツを握り締めた。

「ダ、メッ……ああ、あっ」

ダメと言いながら、身体は求めてしまう。

鷹介を締めつけながら、直の細い腰ははしたなく揺れた。

「……っ」

少し苦しげに、鷹介が表情を歪める。

見惚れてしまうほどの男の色気に、直はどんどん高まっていく。

「鷹介、さん……エロい、顔」

「エロチェリーが煽るからな」

「煽ってなんか、あっ……あ、あっ」

ずん、と深く突かれ、直は思わずシーツを摑んだ。

「鷹介、さんっ……あ、あっ」

そこから先はもう、言葉を紡ぐことができなかった。

波打つように腰を揺らして直を穿《うが》つ鷹介の激しさに溺れた。

「直……直……」

鷹介の声から余裕が消えていく。淫猥な眼差しがふたりの結合部に注がれた。

一瞬、神職者の穏やかな顔になる。

けれども次の一瞬、ふしだらなほどのエロスを纏った男の顔に戻る。

きっとどちらも本当の鷹介で、どちらも今、直と結ばれている。

「あぁぁ……っん――」

好き。

零れかけた言葉を、キスに攫《さら》われる。

唇を重ねながら最奥を掻き回され、もう何も考えられなくなった。

濡れそぼった中心を扱《しご》かれ、一気に極まっていく。

「……んっ……っ！」

イクと告げることも叶わず、直は達した。

身体を突っ張らせてどくどくと精を放つ。

目眩がするほどの快感の中、奥で鷹介が爆《は》ぜたのを感じた。

「直……」

愛しそうに鷹介が囁く。ただ名前を呼ばれただけなのに、涙が出るのはなぜだろう。

汗で張りついた前髪を指で梳《す》く鷹介の目も、ほんの少し潤んでいるように見えた。

「鷹介さん……」

「……ん」

「おれ、明日から早起きする。鷹介さんと同じ時間に起きて……」

ふああ、と欠伸《あくび》が出た。

「境内の落ち葉掃くの……手伝います」

「そりゃありがたいな」

あまり本気にしていない口調で、鷹介は小さく笑った。

「あと土日とかも……社務所で助勤……する……」

欠伸が止まらない。

「気持ちだけ、ありがたく受け取るよ」

「本気で……起きる……んだから」

「はいはい」

目蓋が重い。

くすくすと笑う声が、穏やかな子守歌に聞こえた。

「……ん」

なにやら下半身がずっしりと重い。

──そうだ、昨夜は鷹介さんと四日ぶりに……。

ゆるゆると目覚める途中、昨夜の記憶が蘇ってくる。思い出してむふっと頬が緩んだ。赤面した顔を枕に埋《うず》めようとしてハッとした。

「しまった！」

午前六時半。横で寝ていた鷹介は当然もういない。

眠りに落ちる直前の約束を思い出し、直はベッドから飛び降りた。

「いきなり寝坊とか」

鷹介が本気にしていないようだったから、ちゃんと起きて驚かせてやろうと思ったのに。

下半身の違和感に耐えつつ着がえを探す直の視線が、ベッドサイドテーブルに置かれた薄桃色のお守りを捉えた。

「これ……」

鷹介が昨日、自分用に求めたと言っていた『結の矢』だ。

直はしばらくじっと見つめ、おもむろに手に取った。

鷹介を信じていないわけでは断じてない。ただそこに、中のお札に、自分の名前が記されているのを、この目で確かめたいという衝動に負けた。

直は手にした『結の矢』を開き、中から矢の形をしたお札を取り出した。鷹介の言葉に嘘がなければ、そこには【綾瀬直】と書かれているはずだったのだが──。

「なっ……」

手にしたお札を、危うく落としそうになった。

「はあ～？」

【エロチェリー】

大きな文字ではっきりとそう記されていた。神聖なお守りに、こともあろうか宮司その人がエロチェリーなどという文言を書き入れるとは。

「やっぱ最低だ」

変態神主。ドS宮司。地獄の大魔王。太鼓判を押しながら、直は思わず噴き出した。がらりと玄関の開く音がする。落ち葉掃除は終わってしまったらしい。

直はお札を元に戻すと、大急ぎで着替えを済ませ寝室を飛び出した。

「おはようございます」

「おう、起きたのか」

白衣に紫色の袴。神職者然とした佇《たたず》まいに、昨夜の名残は感じられない。

「すみません。一緒に起きるって言ったのに」

「安心しろ。ハナから期待していない」

「明日からちゃんと起きます。目覚ましかけますから」

「無理しなくていい」

鷹介は手をひらひらとさせながら洗面所へ向かった。

「おれが手伝ったら迷惑ですか」

少しムッとした直は、鷹介に詰め寄る。

「んなこと言ってねえだろ」

「おれ、本気で鷹介さんの手伝いをしたいと思ってるのに」

「わかってる」

「じゃあどうして——んっ」

振り向きざまに唇を塞がれた。

「……んっ……」

くちゅっ、と湿った音がひんやりとした早朝の廊下に響く。

昨夜のあれこれがまざまざと蘇り、思わず目の前の厚い胸板を押しのけた。

「あ、朝から、何してるんですか」

「ん？　おはようのキス」

おはようのキスは、挿し入れた舌で上顎の奥を擽ったりするものなのだろうか。

一抹の疑問を胸に留め、直は火照り始めた頬を両手でぱたぱた煽った。

「もう。顔赤くなっちゃったじゃないですか」

「お前がそんなだからなあ、俺は……」

鷹介は何か文句を言いたげだったが、「もういい」とふるふる首を振った。

「お前はまだ学生だ。本業は勉強だろ」

「それはそうですけど」

「まずはちゃんと大学を卒業しろ。講義の最中に居眠りばっかりしてたら留年するぞ」

「う……」

鋭い指摘に直は押し黙る。

少しでも鷹介の力になりたかった。M大を中退して、神職の資格が取れる大学に入学し直すこともやぶさかではないとさえ思っていたのに。

「おれじゃ頼りないのはわかりますけど、そんなに甘やかさなくても」

しょんぼりうな垂れると、頭にポンと手のひらが乗った。

「言ったろ。俺は嫁をべったべたに甘やかすことにしているんだ」

「ぎったぎたの間違いじゃ——痛て」

ぺちんと額を叩かれた。

「神社を守っていくには、様々な知識が必要だ。落ち葉掃除も大切だが、それだけじゃダメなんだ。うちは神職が俺ひとりだからな。今は小規模ながらなんとかやっているが、先のことはわからないからな。お前、経済学部なんだろ」

「はい。あ……そっか」

今大学で学んでいることが、この先鷹介を助ける糧《かて》になるかもしれない。

その可能性に気づき、直はパッと顔を明るくした。

「神職に興味があるなら資格を取ればいいが、大学を出てからでも遅くない」

鷹介はちゃんと考えていてくれた。

鷹介の描く未来図の真ん中に自分がいる。

「おれ、留年しないように頑張ります」

「そう願いたいな」

「もっと勉強して、あといろいろ資格とかも取って――」

夢が広がる。鷹介とふたりでこの神社を守っていく。明るい未来が見えてきた。

「とりあえず朝ご飯作りますね」

「頼むよ。腹減った」

「急いで作ります」

直は台所に向かった。東側の窓から差し込んだ朝の光が、まだ片付けの済んでいない台所を照らしている。この台所が片付く頃には、本格的な冬がやってくるだろう。

エプロンを着けたら、なんだか本当に新婚の気分だ。

直は口元を緩め、冷蔵庫から卵をふたつ、いそいそと取り出した。

新婚神社の夏

「おい直《なお》、支度でき――……あれ、いない」

居間の扉を開け放ち、久島鷹介《くしまおうすけ》は首を傾《かし》げた。

今日は朝の早い時間に初宮参りの祈禱が入っている。朝食の後片付けが済んだら、すぐに着替えて社務所に向かうようにと伝えておいたはずなのに。

「どこ行ったんだ、ったく」

腕時計を確認する。一行の到着予定まで三十分を切っている。

「直、どこだ」

「ちょっと待ってください！　すぐ行きます」

返事は社務所の奥の控え室から聞こえた。着替えに手間取っているのかもしれない。鷹介は廊下を大股《おおまた》で控え室に向かった。

直が坂《さか》の上《うえ》神社にやってきて八ヶ月が経《た》った。十九歳だった直は、しばらくの間実家と神社を行ったり来たりする生活をしていたのだが、この三月、二十歳《はたち》の誕生日を迎えたのを機に実家を出て、ここで鷹介と暮らすことを決めた。

今まで通り大学に通いながら、日々神職についても学んでいる。

ゴミを触った手でお札やお守りに触れてはならない。袴《はかま》や白衣などの装束を跨《また》いではいけない。祝詞《のりと》を書いた紙をトイレに持ち込んではいけない――。社家に育った者なら自然に身についているはずの知識やルールも、一から教え込まなくてはならなかったが、直はひとつひとつ真面目《まじめ》に地道に吸収していった。

ああ言えばこう言う。ビビリのくせにクールぶる。かなり面倒臭くて素直とは言い難い性格だが、神職に関する指摘や叱責だけは驚くほど生真面目に受け止める。それもこれも自分とふたりでこの神社を守っていきたいという決意の表れなのだろうと思うと、胸の奥から愛おしさが押し寄せて、あたり構わず抱きしめたくなる。

女装して巫女《みこ》の助勤に入った直を、今もはっきりと覚えている。

あからさまに挙動不審で、だけどやたらと可愛かった。

バレなかったと思ったのか、大胆にも御神木の裏で着替えを敢行するのを見て、懲らしめるというよりちょっとからかうつもりで驚かした。するとまんまと階段を転げ落ち……。

半年以上も前のことなのに、思い出すと笑いを禁じ得ない。

「おい、何してるんだ」

控え室の襖《ふすま》を開けた瞬間、「うわあっ！」叫んだ直が部屋の片隅にしゃがみ込んだ。

上半身に白衣を羽織っているが、下はまだ下着姿だった。白衣の裾からお気に入りの赤いボクサーショーツがちらりと覗《のぞ》いている。

「なっ、なんで、いきなり開けるんですかっ」

直は白衣の襟元をきゅっと閉じ、襲われそうになった生娘の眼差《まなざ》しで睨《にら》んだ。

「なんでって……」

何度も何度も身体《からだ》を重ねた。あられもない顔も、姿も、声も、すべて晒《さら》しておきながら、年若い恋人は時にこうして頑《かたく》なだ。

「お前がもたもたしてるからだろ。早く袴穿《は》けよ」

休日や長期の休みには、当たり前のように助勤に入る。この頃では袴姿も堂に入り、着替えにもたつくこともなくなったと目を細めていたところだったのに。

「あ、もしかして袴のサイズ、違ってたか」

坂の上神社では神職の資格を持たない見習いは、真っ白の袴と決まっている。夏に入り、鷹介ははたと夏用の白い袴を用意していなかったことに気づいた。巫女用の朱色の袴なら薄手のものが何着かあるが、そもそも男性の見習いに縁のなかった坂の上神社には、夏物の白い袴が一着もなかった。

鷹介は直のために紗織《しゃおり》の白い袴を注文した。

昨日届いたばかりのそれを身に着けるのを、直はとても楽しみにしていた。

「サイズはぴったりだったんですけど……」

もごもごと、直は言い淀む。

「じゃあなんだ」

あまり時間がない。眉根を寄せると、直は俯《うつむ》いたまま小さな声で呟《つぶや》いた。

「透けるんです」

「あぁ？」

「……パンツが」

そういうことか。鷹介は脱力した。

紗や絽《ろ》といった夏用の織物は、薄くて涼しい分透けやすいという難点がある。微妙にシースルーなのだ。しかも真っ白となれば下着の色が透けるのも当然だ。新調したての夏用の袴を穿いてみた直は、ボクサーショーツの赤色が透けて見えることに気づいたのだろう。

「赤パンは白衣の裾で隠れる。心配するな」

袴一枚だけだと確かに透けるが、下着の部分は白衣の裾と重なるので問題はない。

「でも、屈《かが》んだりした時に……」

「大丈夫だ。誰もお前のパンツの色なんて興味ない」

「そういう問題じゃ」

「だいたいお前は、どうしていつも赤だの黄色だの派手な色のパンツばっかりなんだ」

「パンツの色が派手な方が、気分が上がるんです」

「赤パンで上がるのか。どういう脳みそしてんだ」

「何で上がろうとおれの勝手です」

「そんなに赤パンが好きなら、巣鴨で百枚でも買ってやる」

「赤パン赤パン言わないでください！」

直が叫んだところで、鷹介はふと名案を思いついた。

「そんなに気になるなら、透けないのを貸してやろう」

「あるんですか」

直がパッと顔を上げた。

「その代わり文句言わずに穿けよ」

「文句なんて言いません。透けないならなんでもいいです」

その返答に、鷹介はにやりと口元を歪《ゆが》めた。

「確かここに何枚か……お、あったあった」

傍らの戸棚から、箱を下ろす。

取り出した真っ白い布を見て、直はぱしぱしと目を瞬《しばたた》かせた。

「トランクス……じゃないですよね。サラシですか」

「褌《ふんどし》だ。禊《みそぎ》用の」

「ふっ……」

ヒエッと引き攣《つ》ったような声を上げ、直が後ずさった。

「さ、さすがに褌は」

「文句言わないって言ったよな」

「言いましたけど」

畳まれていた褌をバサッと広げると、直の目に絶望の色が浮かんだ。

「透けない。涼しい。今現在ここにある。すべての条件を満たしている」

「で、でも、だからって褌は」

「デモもクーデターもあるか。とっとと赤パン脱げ。褌着けてやる」

顎《あご》で指図すると、直はみるみる赤くなって首を横に振った。

「自分で着けますっ」

「着けたことあるのか」

「あるわけないいじゃないですか」

「できもしないくせに。ほら、早く脱げ」

「ス、スマホで調べますっ！」

羞恥で首筋まで赤くする恋人に朝っぱらから欲情しかかった時、玄関の開く音がした。

「鷹介くーん、直くーん、おはよう。ちょっと早いけど着いちゃったわ」

「杏子《きょうこ》さんだ」

救いの女神登場、とばかりに直が破顔する。

鷹介は仕方なく踵《きびす》を返した。

「いいか、ちゃんと調べて着けるんだぞ。締め方を間違えると、途中で袴の裾からはら〜りなんてことになるからな」

「わかってますから、早く行ってください」

しっしっと鷹介を手で追い払うと、直は控え室の襖を閉めてしまった。

――直のやつ……。

後で見ていろよと心の中で舌打ちしつつ、鷹介は急いで玄関へ向かった。


母と祖父と三人で暮らした、ここ坂の上神社を継ぐのは自分だ。

幼い頃から鷹介は心に決めていた。

ところが中学に上がった年に母が亡くなり、久島製薬《くしませいやく》の社長である泰三《たいぞう》の元に引き取られることになった。泰三は鷹介の気持ちをハナから汲《く》もうとせず、ささやかな抵抗もわがままだと切り捨てねじ伏せた。子供心に忸怩《じくじ》たる思いだったが、それでも決意は揺るがなかった。

祖父の死をきっかけに通っていた大学を中退し、宮司となるべく戻ってきた。鷹介を次期社長にと考えていた泰三はその勝手な行動に激怒し、幾度となく連れ戻そうとやってきたが、皮肉にも奪還作戦の最中に商店街のマドンナ・杏子と出会い恋に落ちた。

神さまの悪戯《いたずら》かもしれないわねと、杏子が笑ったことがあった。鷹介も同じ気持ちだった。

昨年秋、杏子の妊娠を機にふたりは正式に夫婦となった。

先月誕生した長男・泰斗《たいと》の初宮参りを、坂の上神社でお願いしたいと杏子から連絡があったのが先週のことだった。

『泰三さんたっての希望なの。それなのに「いいか、俺が望んだと鷹介には絶対に言わないように」だって』

杏子は呆《あき》れていたが、いかにも頑固者の泰三らしいと鷹介は苦笑した。

祈禱の最中、御幣を振りながら鷹介はさりげなく泰三を見ていた。生まれたばかりの小さな息子に注ぐ視線の柔らかさに、長い間抱いていた心のわだかまりが、ゆっくりと解けていくのを感じた。

母と結婚しなかったこと。祖父から鷹介を奪い去ったこと。ここへ戻ってきた鷹介を必死に連れ戻そうとしたこと——。

誤解もあったろう。互いに言い分もある。後悔も反省もした。大人になってようやく理解できたことも。ただ、死ぬまで和解することはないだろうと思っていた。

以前集《しゅう》に「ひとりで寂しくないのか」と聞かれたことがあった。その時は「寂しいように見えるか?」と茶化したが、長年の親友は見抜いていたのかもしれない。氏子に慕われる宮司という顔の裏側で、部屋の片付けすら億劫《おっくう》になっていた、鷹介の深い孤独に。

風穴を開けたのは、突然転がり込んできたビビリの大学生だった。

血の繫《つな》がらない兄への思慕を恋だと勘違いして知らない男と寝ようとしたり、暗い場所が怖いくせにキヨ婆ちゃんの手伝いなどして夜道で腰を抜かしてみたり。

拗《す》ねて、泣いて、怒って。手のかかる野良猫を拾ってしまった気分だったのに、いつの間にか妙に癒されている自分がいた。バカだのエロチェリーだのとからかいつつ、気づけば直なしではいられなくなっていた。

祈禱が済むと、鷹介は用意しておいた赤ワインを泰三に手渡した。ラベルの中央には泰斗の名前が刻まれ、その下には生まれた日時や身長、体重などが記されている。

集の店で新しく扱い始めた青森のワインだ。頼まれて試飲をしたら、フルーティーでとても美味《うま》かった。一緒に試飲した直も気に入った様子で、鷹介の知らないところで集に「泰斗の誕生祝いのワイン」として発注してくれていた。

「お前にしては気が利くじゃないか」

「俺じゃない。あいつだよ」

「直くんが？」

社務所で参拝者と会話する直の横顔を、泰三がじっと見つめた。

「泰斗が二十歳になったら一緒に飲んでください、だそうだ」

「こいつが二十歳になったら俺は七十か。爺さんだな」

「心配するな。親父がもうろくしたら、俺が代わりに二十歳を祝ってやる。なー、泰斗」

杏子の腕の中で、小さな弟はすやすやと眠っている。鷹介の毒舌に、苦虫を嚙《か》み潰《つぶ》したような顔をした泰三だったが、その愛らしい寝顔にすぐ笑顔を取り戻した。

「元気で長生きするようにせいぜい努力する」

「パパには百歳まで元気でいてもらわないとねー」

泰斗に頬を寄せ、杏子が笑う。無理を言うなと泰三も笑った。

「鷹介」

「ん？」

「お前は今、幸せか」

唐突に真顔で聞かれた。

「なんだよ、急に」

照れながら、しかし鷹介ははっきりと答えた。

「幸せだよ。おかげさまで」

参拝者に何か尋ねられたのだろう、直が身振り手振りで説明している。

三人の視線に気づかないほど、一生懸命な様子が愛おしくてたまらない。

「それならいい」

泰三は静かに頷《うなず》いた。

直くんと集くんによろしく。そう言い残して親子が去っていった。駐車場へ向かう背中を見送りながら、新しい家族の幸せを心から願った。

午後の祈禱が終わったのは、日が傾き始めようやく少し気温が下がってきた頃だった。絶え間なく響く蟬《せみ》の大合唱にうんざりしながら社務所を見ると、今さっきまで受付に座っていた直の姿が見えない。

──トイレだろうか。

受付を閉めると、鷹介は母屋《おもや》に戻った。

トイレの前で呼びかけたが返事がない。ドアの鍵は開いている。

「おい、直」

──控え室か。

ふと、鷹介の脳裏に疑問が過《よぎ》った。

今日一日、直はどうやって用を足していたのだろう。

赤パンの代わりに渡したのは六尺褌だ。六尺褌を締めて用を足すのには、ちょっとしたコツがいる。前袋の折り返し部分を左右どちらかに少しだけ寄せて、脇からイチモツを取り出す。簡単なようだが慣れていないと多少手間取る。褌が緩んでしまうこともある。直は今日が褌デビューなわけで、スムーズに用を足せたとは思えない。

「出し方、教えてやればよかったかな」

朝のバタバタでそこまで頭が回らなかった。

この暑さで参拝者はまばらだった。おそらく控え室で御洗米を袋に詰めたり御幣を折ったり、裏方の仕事に精を出しているのだろう。

「おい直、今日はもう上がって──」

スーッと襖を開けた瞬間、「うわあっ！」叫んだ直が部屋の片隅にしゃがみ込んだ。上半身には白衣を纏《まと》っているが、なぜか袴を穿いていない。

「なっ、なんで、いきなり開けるんですかっ」

「なんでって……」

猛烈な既視感に、鷹介は唖然《あぜん》とする。

今朝と違うところといえば、下半身に着けているのがお気に入りの赤パンではなく六尺褌だということくらいだ。案の定ゆるゆるに緩んでしまっている。

「ネ、ネットで調べた通りに締めたんですけど、トイレに行くたびに緩んできちゃって」

いちいちこうして締め直さなくてはならなかったのだと、直は恥ずかしそうに顔を俯けた。

脱いだ袴で股間を隠す仕草に、喉奥がごくりと浅ましい音をたてた。

「ぎゅーっと締めたら今度は……」

「脇からモノが引っ張り出せなかった、と」

わざと直接的な質問をすると、直は頬を染めて小さく頷いた。

「きつすぎても緩すぎてもダメなんだ。俺が教えてやろう」

にっこり言うと、と直が「えっ」と目を見開いた。

「百聞は一見にしかずだ。そこに立ってみろ」

「い、いいです。結構です」

「遠慮するな」

「していません。明日白のボクサー買ってきます。二度と褌を締めることはないんで」

「ツンと横を向いたその首筋がうっすらと赤らんでいて、鷹介のスイッチはいとも簡単にオンになる。

「着替えるので出て行ってもらえますか」

朝と同じように追い出そうとする直を、背中から抱きしめた。

「な……なに、してるんですか」

直が身体を捩《よじ》ると、ふわりと淡い汗の匂いが立ちのぼった。

まだ熟れていない、若い雄の匂いだ。

「もう二度と褌は着けないんだな？」

「着けません」

「ということはこれが見納めか。それならじっくり見せてくれ」

鷹介は大きく開いた自分の太腿の間に、直を引き寄せて座らせた。

「ちょ、鷹介さん、こんなところで」

鷹介の意図を察した直は、慌てたように逃げを打った。

「受付は閉めた。誰も来やしない」

「そういう問題じゃっ……あっ、やっ」

少し乱暴な手つきで、直の両脚を開いた。

正面の大きな姿見が、じたばたともがく直の姿を映し出している。はだけて肩に引っかかっているだけの白衣は、直の身体を覆う役割をほぼ放棄していた。肉付きの薄い胸には薄桃色の粒がふたつ、ぷつんと可愛らしく並んでいる。

真っ白な六尺褌は辛うじて直の大切な部分を隠しているが、いかんせん脚が細い上に締め方が下手すぎる。ほんの少し動いただけで中身が見えてしまいそうだった。

姿見の存在に気づいた直は、あられもない自分の姿からさっと目を逸《そ》らした。

「あー、これじゃ緩いな。もう少し、これくらい」

前袋の上部を摘《つま》んでくいくいとリズミカルに引っ張り上げると、まだ芯を持たない直が白い木綿越しにくっきりと浮かび上がった。

「あっ……んっ」

柔らかな刺激なのに、直はすぐに息を上げた。姿見の中で膨らみがみるみる育っていく。ほどなく前袋の真ん中にぷつんと小さな染みが現れ、あっという間に広がった。

「濡《ぬ》れてきた」

「言わないでって……言ってる、のに」

直は濡れやすい。指摘すると恥ずかしがってよけいに濡らしてしまう。それが可愛くてますますからかいたくなるから困る。

ほどなく染みは前袋全体を濡らし、引き上げるたびにじゅくじゅくと湿った音が響いた。

「んっ……っ……」

きゅっと目を閉じ、身体を硬くし、直は快感を追い始めている。

「気持ちいいか」

低く尋ねると、「そんなこと聞くな」とばかりにそっぽを向いた。

徹底的に素直じゃないところも、残念ながら嫌いではない。

「もっとよくしてやるよ」

ちょっと意地悪な気分になり、鷹介は濡れた前袋越しに、熱く勃《た》ち上がった直を握った。

「あっ……あ、やっ……」

声のトーンが上がる。連動するように鷹介の手の中で、それがぐっと硬さを増す。

軽く上下に扱《しご》くと、直はいやらしく腰を揺らした。

「やっ……だ、嫌っ」

「力が弱すぎて嫌だ？　じゃあもっと強くするぞ」

ぐっと握り込んで、扱くスピードを上げる。

同時に胸の粒をこりこりと刺激すると、直は背を反らせて喘《あえ》いだ。

「も……も、ダメ」

「直接触ってないのにか」

「だ、だって……も、イッ……ああっ！」

予告もなしに、直が弾《はじ》けた。

いつものように身体を突っ張らせながら、両手で鷹介の袴を握っている。

勢いよく放たれた精が、前袋からぷつぷつと染みだしてくる。

「あ……っ……ん」

長い吐精が終わると、直はその身体をくったりと鷹介に預けた。

力が抜けてしまったのだろう、弛緩《しかん》した太腿がぱたんと両側に開いた。

「エロいな」

「……え」

余韻中で、直がうっすら目を開けた。

ずり落ちた白衣から覗く華奢《きゃしゃ》な両肩、弄《いじ》られてぷっくり膨らんだ乳首、汚れた前袋から尻に向かってとろりと伝う白い体液。姿見に映し出されたあまりに卑猥な光景に、直はまた目を閉じてしまった。

「こっちも見えそうだ」

双丘の狭間《はざま》を覆う布は、細く紐状に捻《ねじ》れている。鷹介が指先でほんの少しずらすと、直の一番恥ずかしい部分が露《あら》わになった。

「丸見えだ」

「や……っ！」

白濁は、秘孔まで汚していた。

――そろそろ俺もヤバい。

鷹介は慌ただしく白衣と袴を脱ぎ去ると、元の場所に胡座《あぐら》をかき、背後から直の膝の裏に手を入れその身体をひょいと抱き上げた。

「お、鷹介さんっ」

おしっこをさせられる子供のような格好に、直はまた身体を捩って抵抗した。

「そんなに暴れると、間違って入っちまうぞ」

直の秘孔の真下には、凶暴なまでにそそりたった鷹介がある。

直がもぞもぞと逃げを打ったび、いやらしい襞《ひだ》が鷹介の先端を掠《かす》める。

「まだ解《ほぐ》してないからな。このままぶすっと刺さったら怪我《けが》するぞ」

暗にじっとしていろと脅すと、直が肩越しに恨みがましい目で睨みつけてきた。

悲しいことに、こんな強気なところも可愛くてたまらない。

今さらながら呆れるほど首ったけなのだと思い知り、尖《とが》った唇を強引に奪った。

「……んっ……ふっ……」

キスを交わしながら、少しずつ直の身体を下ろしていく。

先端が直の狭い秘孔をこじ開けるように、じわじわと埋まっていく。

「いっ……あっ」

さすがに苦しいのか、直は鷹介の太腿に爪を立てた。

「ちょっとだけ、我慢な」

あやすようにキスを深めると、直はまるで鷹介を迎え入れるように自らの腰を揺らした。

「あ、こら」

「ああっ！」

泣き声のような悲鳴が上がる。

せっかくゆっくり挿入しようとしたのに、直は一気に鷹介を呑《の》み込んでしまった。

「バカ、大丈夫か」

「あ、んっ……いい……」

「は？」

怪我をさせなかったかとひやりとしたが、杞憂だったらしい。

「いい……すっごい、感じ……るっ」

「直……」

年若い恋人は鷹介の心配をよそに、自分を貫いた熱の甘味を全身で味わっていた。

「ここか」

浅い部分にある直の最も感じる場所を、ぐりぐりと擦《こす》ってやる。

「いっ、ああ、そこ、あっ……」

軽く何度か突きあげるうちに、一度萎《な》えたはずの中心がみるみる力を取り戻していった。

無自覚に振りまかれる淫靡《いんび》なオーラに、鷹介は小さく舌打ちした。

いつの間にこんな身体になったのだろう。

――まあ、俺がしちまったんだけど。

鷹介は直の身体を軽く持ち上げ、すとんと一気に落とした。

「アアッ！」

強すぎる刺激に、直の先端から白濁がとろりと溢《あふ》れた。軽く達してしまったらしい。

直はハッ、ハッと短く浅い呼吸を繰り返しながら「もう一回」とねだった。

嫌だ、やめろとギリギリまで文句を言うくせに、感じ始めると途端に素直になるからクセ者だ。性悪な恋人に、手玉に取られた気分だけれど、それも悪くないかなと思う。

相手が直だから、なんだって許せてしまう。

「どうなっても知らないからな」

「どうなってもいい。鷹介さんが好き……大好き」

蕩《とろ》けるような囁《ささや》きは、死守していたなけなしの箍《たが》をいとも簡単に外した。

何度も深く貫き、ふたりで果てた。

一度ではとても足りなくて、ベッドに移ってひと晩中求め合った。

鷹介さん、鷹介さんと、直が切なく呼ぶたび、柄にもなく胸が熱くなる。

たまらなくなる。

「直……」

汗だくのまま疲れて眠ってしまった恋人の唇に、そっとキスをした。

「ん……」

寝ぼけて寝返りを打つ直の唇は、あの日パンケーキに載っていたイチゴのような、甘くて酸っぱい味がした。

あとがき

こんにちは。または初めまして。安曇ひかるです。

このたびは『新婚神社で抱きしめて』をお手に取っていただきありがとうございました。

ああ言えばこう言う減らず口キャラ、大好物です。ビビリのくせに強がってきゃんきゃんわめく直を、さらりとかわしているようで今ひとつかわしきれない鷹介。ふたりのちょっとかみ合わないやり取りにクスッとしていただけたら幸いです。

短編の褌ネタは、いつかどこかで書きたいと長年あたためていたもので、このたび満を持しての登場です（鼻息）。直の褌姿に味をしめた鷹介は、おそらく今後しばしば褌プレイを強要することでしょう。ふふ。どうぞ勝手にやってください、ですね。

麻々原絵里依先生、とびきり素敵なイラストをありがとうございました。『今宵、月の裏側で』に続き、こうしてまたご一緒させていただけるなんて、嬉しすぎて目眩がしました。

末筆になりましたが、最後まで読んでくださった皆さまと、本作にかかわってくださったすべての方々に、心より感謝と御礼を申し上げます。

ありがとうございました。愛を込めて。

二〇一六年　四月

安曇ひかる

✦初出　新婚神社で抱きしめて……………書き下ろし
新婚神社の夏……………………………書き下ろし

安曇ひかる先生、麻々原絵里依先生へのお便り、本作品に関するご意見、ご感想などは
〒151-0051 東京都渋谷区千駄ヶ谷 4-9-7
幻冬舎コミックス　ルチル文庫「新婚神社で抱きしめて」係まで。

幻冬舎ルチル文庫

新婚神社で抱きしめて

2016年5月20日　　第1刷発行

✦著者	安曇ひかる　あずみ ひかる
✦発行人	石原正康
✦発行元	株式会社 幻冬舎コミックス 〒151-0051 東京都渋谷区千駄ヶ谷 4-9-7 電話 03(5411)6431［編集］
✦発売元	株式会社 幻冬舎 〒151-0051 東京都渋谷区千駄ヶ谷 4-9-7 電話 03(5411)6222［営業］ 振替 00120-8-767643
✦印刷・製本所	中央精版印刷株式会社

✦検印廃止

ISBN978-4-344-83726-3　C0193　Printed in Japan